자살

SUICIDE
by Édouard Levé

에두아르 르베
자살

한국화 옮김

wo
rk
ro
om

일러두기

이 책은 에두아르 르베(Édouard Levé)의 『자살(Suicide)』(파리, P.O.L, 2008)을 한국어로 옮긴 것이다.

주는 옮긴이가 작성했다.

차례

작가에 대하여

에두아르 르베(Édouard Levé, 1965–2007)는 사진과 글을 주요 매체로 삼아 활동한 프랑스의 작가다.

1965년 1월 1일 파리 근교에서 태어난 르베는 20대 중후반에 그림을 그렸지만, 서른 즈음 인도 여행을 다녀온 후 사진을 찍기 시작한다. 이후 자신에게 영향을 준 예술가들과 이름이 같은 이들을 전화번호부에서 찾아 찍은「동명이인」, 꿈을 현실에서 재구성한「재구성된 꿈」, 공포, 불안이라는 뜻의 이름을 가진 마을을 기록한「앙구아스」, 신문에 실린 회담, 공식 방문, 준공식 등의 사진에서 고유명사 등을 제거하고 전형적인 인물들의 포즈를 재구성한「뉴스」, 포르노그래피 속 자세와 구도를 옷을 입은 채 재구성한「포르노그래피」, 일상복을 입은 인물들이 럭비선수의 포즈를 취하는「럭비」, 회화를 사진으로 재구성한「이전(移轉)」, 유럽의 도시와 같은 이름을 가진 미국의 도시를 촬영한「아메리카」, 흑백사진 연작「픽션」등 개념적인 사진 작업에 매진한다.

한편 2002년에는 533개 작품 아이디어를 모은『작품들』을 프랑스 출판사 P.O.L에서 출간하면서 문학가로서 남다른 이력을 시작한다. 이어 2004년『저널』을, 2005년『자화상』을 같은 출판사에서 펴낸다. 2007년 10월 15일, 파리에서 자살한다. 이듬해에 자살 며칠 전 송고된 글『자살』이 출간된다.

이 책에 대하여

『자살』은 에두아르 르베의 마지막 작품이다. 사진과 글을 오가며 거의 예외 없이 개념적인 작업을 추구하고 실현한 작가였던 르베는 자신의 마지막 작품을 결정하는 방법 중 하나로 '자살'을 택했다. 자살을 앞두고 자살에 대한 소설을 완성하기. 누군가에게는 작위적일 수 있을 이 선택이 르베에게만큼은 당위적으로 보인다.

글과 삶의 방향을 일치시키는 작가의 선택은 한 사람의 삶을 응축한 시 모음으로 끝난다. 유서 대신, 편지 대신 등장인물이 남긴 단출한 삼행시 모음은 그에 대해 아무것도 설명하지 않으면서 모든 것을 설명한다. 누구를 통해서든 끝없이 이어질 수 있을 것 같은 시는 부모를 통해 제안된 삶, 누구에게든 제한된 삶을 글로써 확장하는 방법이 된다.

"너는 그것이 진실인지 거짓인지에 상관없이 쓰인 것을 믿었다."(43–4쪽) 등장인물인 '너', 화자인 '나', 그리고 작가 르베가 어떤 지점에서 어떻게 서로 동일한지 혹은 그렇지 않은지는 더 이상 중요하지 않아진다. 누군가의 죽음이 누군가의 삶에 의해 쓰였다. 누군가의 삶이 누군가의 죽음에 의해 쓰였다. 그리고 누군가 그것을 읽는다.

편집자

8월의 한 토요일, 테니스복 차림을 한 너는 아내와 함께 집을 나선다. 정원을 지나던 도중, 너는 집에다 테니스 라켓을 두고 왔다고 그에게 말한다. 그것을 찾으러 집으로 돌아간 너는 평소에 라켓을 넣어 두는 현관 입구의 수납장으로 향하는 대신, 지하 창고로 내려간다. 너의 아내는 아무것도 알아채지 못하고 밖에서 기다린다. 날씨가 좋다. 그는 햇볕을 즐긴다. 얼마 지나지 않아 총소리가 들린다. 그는 서둘러 집 안으로 뛰어 들어가고, 네 이름을 부르고, 지하 창고로 향하는 계단 문이 열려 있는 것을 알아차리고, 그 밑으로 내려가 너를 발견한다. 너는 세심히 준비해 둔 총으로 머리를 쐈다. 탁자에는 만화책 한 권을 펼쳐 놓았다. 감정에 휩싸인 너의 아내는 탁자에 기댔고, 책은 그것이 너의 마지막 메시지라는 것을 그가 이해하기도 전에 다시 닫혀서 탁자 아래로 떨어지고 말았다.

그 집에 가 본 적은 없다. 그렇지만 그 집의 정원과 1층, 그리고 창고는 알고 있다. 누군가가 네 자살에 대해 들려줬을 때 내가 처음 상상한 집의 모습 그대로, 그곳에서 일어났을 장면을 몇백 번은 더 생각했다. 그 집은 길가에 있었고, 지붕이 있었고, 정면은 뒤쪽으로 나 있었다. 하지만 그중 아무것도 진짜가 아니다. 네가 나와서 마지막으로 햇볕을 쬐었던, 그리고 네 아내가 널 기다렸던 정원이 있다. 총성을 들었을 때 그가 향했던 집 정면이 있다. 테니스 라켓을 놓아둔 현관이, 지하 창고로 향하는 문이, 계단이 있다. 그리고 네가 쓰러져 있던 창고가 있다.

네 몸은 멀쩡하다. 너의 머리는 누군가 예전에 나에게 말해 준 것처럼 폭발하지 않았다. 너는 그저 경기가 끝나고 잔디에서 휴식을 취하고 있는 젊은 테니스 선수처럼 보인다. 너는 자는 것처럼 보인다. 너는 스물다섯 살이다. 지금 너는 나보다 죽음에 대해서 더 잘 알고 있다.

너의 아내는 소리를 지른다. 하지만 그 소리를 들을 수 있는 사람은 너밖에 없다. 집에는 너와 아내뿐이었다. 그는 울면서 너에게로 몸을 던지고, 애정과 분노로 가득 차 너의 가슴팍을 내리친다. 그는 너를 안고 말한다. 그러다가 다시 울음을 터뜨리고 네 위로 쓰러진다. 그의 손은 지하 창고의 차갑고 습한 바닥에서 미끄러진다. 손가락이 바닥을 긁는다. 그는 너의 차가워지는 몸을 느끼면서 그렇게 15분간을 머문다. 전화벨 소리가 그를 마비 상태에서 깨어나게 한다. 그는 겨우 위층으로 올라갈 힘을 얻는다. 상대방은 너와 테니스를 치기로 약속했던 사람이었다. "안녕하세요, 무슨 일 있나요? 기다리고 있어요." "그가 죽었어요. 죽었다고요." 아내가 대답한다.

장면은 거기서 끝난다. 누가 시신을 옮겼나? 소방관, 아니면 경찰? 자살은 위장된 살인일 수도 있다는 이유로 법의학자가 너를 검시했나? 조사가 있었나? 누가 이것이 범죄가 아니고 자살이라고 판단했나? 누군가 너의 아내를 조사했나? 그에게 조심스럽고 신중하게 말했나, 아니면 그를 의심했나? 의심받는다는 고통이 너의 죽음으로 인한 고통에 더해졌나?

그 후로 다시 네 아내를 본 적은 없다. 그전에도 나는 그를 잘 알지 못했고, 네다섯 번 정도 본 것이 다였다. 너의 결혼 이후로, 우리는 자주 보지 못했다. 나는 그의 얼굴을 생각한다. 20년 동안 같은 얼굴이다. 마지막으로 봤을 때 간직한 이미지가 그대로 굳어졌다. 기억은 사진처럼 추억을 얼려 굳힌다.

너는 총 세 군데의 집에서 살았다. 어머니가 너를 가졌을 때, 네 부모님은 작은 아파트에 살고 있었다. 너의 아버지는 아이들이 좁은 곳에 갇혀 살기를 원하지 않았다. 아직 아이가 한 명도 태어나지 않았는데도, 그는 "나의 아이들"이라고 말하고는 했다. 너의 부모님은 부분적으로 좀 망가진 성을 방문했는데, 그 성은 은퇴한 외인부대 연대장의 것이었고, 그는 거기 거주하려면 공사가 필요하다고 생각해서 그곳에 살지 않았다. 토지 공사 회사의 감독이었던 너의 아버지는 손봐야 할 곳이 많다는 사실에 겁먹지 않았고, 너의 어머니는 정원을 좋아했다. 그들은 4월에 그곳에 자리를 잡았다. 너는 크리스마스에 한 산부인과에서 태어났다. 가정부는 성의 세 군데에 항상 불이 꺼지지 않도록 했다. 주방, 거실, 그리고 네가 태어나고 첫 두 해를 잠들었던 부모님 방. 남동생이 태어났을 때, 공사는 그다지 진전되지 않았다. 너의 가족은 여동생이 태어나기 전까지, 그렇게 다시 3년 동안을 사치스러운 불안정함 속에서 살았다. 그러다 그들은 살기에 덜 불편한 곳을 찾아보기로 했고, 그때쯤 너의 아버지는 너의 어머니를 떠나겠다고 말했다. 네 어머니는 성보다는 작고 덜 아름답지만, 살기에 더 쾌적하고 따뜻한 집을 찾아냈다. 너는 그곳에 두 번째 방을 가지게 되고, 스물한 살에 너의 아내와 함께 살기 위해 떠나기 전까지 거기 머물렀다. 네 아내와 네가 공유하던 작은 집에 네 세 번째 방이 있었다. 여기가 너의 마지막 방이었다.

내가 처음으로 너를 봤을 때, 너는 네 방에 있었다. 열일곱 살이었다. 너는 어머니 집의 2층에, 남동생 방과 여동생 방 사이에 살았다. 너는 그곳에서 좀처럼 나오지 않았다. 문은 네가 방에 있었을 때도 열쇠로 잠겨 있었다. 네 동생들은 그곳에 들어간 적이 없었다. 할 말이 있으면, 그들은 문을 사이에 두고 말했다. 아무도 네 방을 청소하러 들어가지 않았고, 너 스스로 청소했다. 내가 네 방문을 두드렸을 때, 왜 네가 바로 문을 열어 주었는지는 모르겠다. 너는 누구냐고도 묻지 않았다. 어떻게 나였는지 알았을까? 바닥을 삐걱거리며 다가오는 내 걸음걸이를 알아챘을까? 네 방의 덧창은 닫혀 있었다. 붉은빛이 부드럽게 방 안을 밝히고 있었다. 너는 킹 크림슨의 「바람에 이야기하네(I Talk to the Wind)」를 듣고 있었고, 담배를 피웠다. 나는 나이트클럽에 있는 것 같다고 생각했다. 밖은 대낮이었다.

네 아내는 나중에 그날 탁자에 기대기 전에 네가 그 위에 올려놓았던 만화책이 펼쳐져 있었음을 기억해 냈다. 너의 아버지는 같은 책을 몇십 권 사서, 아는 사람 모두에게 선물했다. 그는 그와 별 관계 없던 이 책의 텍스트와 이미지를 달달 외우고, 결국에는 책과 그를 동일시하기에 이르렀다. 그는 페이지를 찾고, 페이지에서 네가 골랐을 문장을 찾는다. 그리고 항상 그의 책상에 놓여 있는, '자살 가설들'이라고 쓰인 파일에 그의 생각을 적는다. 만약 그의 책상 왼쪽에 있는 서랍을 열어 본다면, 너는 손글씨로 쓴 종이들로 채워진, 같은 크기에 같은 스티커가 붙은 열몇 개의 파일을 발견하게 될 것이다. 그는 마치 그것이 예언이기라도 한 듯 만화 대사 칸에 적힌 말들을 인용한다.

너는 말이 별로 없었기에 무언가를 틀린 적도 거의 없다. 너는 밖에 별로 안 나갔기에 말도 적게 했다. 가끔 외출할 때면, 너는 듣거나 바라보는 쪽이었다. 너는 이제 더는 말하지 않기에 계속해서 옳을 것이다. 하지만 사실대로 말하자면, 너를 다시 살게 하고 너에게 질문을 던지는 나와 같은 사람들에 의해 너는 여전히 말하고 있다. 우리는 네 대답을 듣고, 너의 현명함에 감탄한다. 그러나 만약 네 말이 사실과 다르다고 드러난다면, 우리는 너를 잘못 이해했다고 자신을 책망한다. 너는 진실이고, 우리는 거짓이다.

너를 알던 사람들이 살아 있는 한, 너는 여전히 살아 있다. 너는 그들 중 마지막 사람과 함께 죽을 것이다. 아니면 누군가 자식들에게 네 이야기를 함으로써, 그들의 기억 속에 너를 말로 존재하게 할 수도 있다. 그렇게 구전되는 인물로 너는 몇 세대를 살까?

너는 파리에 콘서트를 보러 간 적이 있다. 1부가 끝

날 무렵, 가수는 그의 손목을 긋고 팔로 원호를 그리면서 피를 무대 앞자리에 흩뿌렸다. 그중 몇 방울이 너의 밤색 가죽 재킷에 튀었는데, 마르면서 옷 색깔처럼 변했다. 콘서트가 끝나고 너는 친구들과 함께 이름을 기억하지 못하는 한 술집에 갔다. 그곳에서 너는 처음 보는 사람에게 몇 시간 동안이나 말을 했다. 그러고서 다른 술집을 찾으러 친구들과 함께 길거리를 배회했지만, 죄다 문이 닫혀 있었다. 너와 그들은 생라자르 역 근처의 작은 공원 벤치에 누웠고, 구름의 모양새에 대해 말했다. 새벽 여섯 시가 되었을 때 아침을 먹었다. 일곱 시에는 각자 집으로 돌아가기 위해 첫차를 탔다. 다음 날, 네 친구들은 네가 술집에서 모르는 사람들에게 했던 말을 되풀이했는데, 너는 그것에 대해 더는 기억하지 못했다. 마치 다른 누군가가 네 몸을 빌려 말한 것만 같았다. 너는 네가 한 말과 생각을 기억하지 못했지만, 네가 그것을 말했다고 기억할 수 있었을 때보다 더 좋아했다. 네가 좋아하기 위해서는, 네가 아닌 다른 사람이 네가 했던 말을 하면 되었다. 너는 친구들이 들려준 이야기를 메모했다. 네가 쓴 이 글에서 너는 곱절로 작가였다.

너의 삶은 하나의 가설이다. 늙어서 죽는 사람들은 과거의 집합체다. 그들을 생각하면, 그들이 한 것들이 나타난다. 그러나 너를 생각할 때는, 네가 될 수 있었던 것들이 따라온다. 너는 가능성의 집합체였고 그렇게 남을 것이다.

너의 자살은 네 삶에서 네가 던진 가장 중요한 메시지였는데, 너는 그로부터 어떠한 결실도 얻지 못했다.

내가 너에게 말을 하고 있는데, 너는 정말 죽은 것이 맞나?

네가 아직도 살아 있다면, 우리는 친구였을까? 나는 다른 아이들과 더 친했다. 그렇지만 내가 알아채지 못하는 사이에, 시간은 그들과 나를 갈라놓았다. 그들과 다시 만나려면 전화 한 통이면 충분할 것이다. 그러나 우리 중 아무도 재회의 환멸을 무릅쓰려 하지 않는다. 너의 침묵은 자명해졌다. 그렇지만 아직도 말할 수 있는 그들 역시 조용하다. 나는 이제 그렇게도 친했던 그들을 더는 생각하지 않는다. 하지만 너는, 예전에 나에게서 멀었고, 차가웠고, 어두웠던 너는, 지금 내 곁에서 빛난다. 의심이 들때면 나는 네 의견을 묻는다. 너의 대답은, 다른 누가 줄 수 있는 어떤 대답보다도 나를 만족시킨다. 너는 내가 어디에 있건 충실히 나와 함께한다. 사라진 자들은 그들이다. 너는 항상 존재한다.

너는 내가 원할 때 나에게 말하는 한 권의 책이다. 너의 죽음은 너의 삶을 썼다.

너는 나를 슬프게 하지는 않지만, 무겁게 만든다. 너는 나의 치유될 수 없는 가벼움에 손상을 입힌다. 내가 설명할 수 없는 이유로 충동에 휩싸일 때면, 너의 얼굴이 생각나고, 나는 다시 나를 둘러싼 사람들의 중요함을 깨닫는다. 평소에는 느끼지 못했던 것들의 존재감이 커진다.

나는 너를 대신해 네가 더는 겪지 못하는 것들을 즐긴다. 죽은 너는 나를 더 살아 있게 한다.

네가 다섯 살이었을 때, 너는 스웨터를 혼자서 입느라 애쓰고 있었다. 네 남동생은 너보다 두 살이 어렸는데도, 너에게 어떻게 하면 되는지 보여 줬다. 네 아버지는 놀리는 말투로 동생을 보고 배우라고 망신을 줬고, 네가 무능하다고 말하기까지 했다. 너를 아버지만큼이나 좋아하던 네 동생은 두 세력 사이에 끼었다. 그는 아무도 상처 주고 싶지 않았기에 아버지의 칭찬을 자랑스럽게 생각하지 않았다. 그리고 그의 겸손함은 결국 너를 더 창피하게 했다.

너는 네 성과 이름이 금박으로 새겨진 검은 묘비 안에 혼자 잠들어 있다. 그 아래로 우리는 25년의 시간이 가르고 있는 너의 출생일과 사망일을 읽을 수 있다.

누군가 자살했다고 들을 때면, 나는 너를 떠올린다. 그렇지만 누군가 암으로 죽었다고 하면, 나는 암으로 죽은 내 할아버지나 할머니를 떠올리지는 않는다. 그들은 수많은 사람과 죽음을 공유한다. 하지만 너는 자살의 주인이다.

폐허는 우연이 만들어 낸 미학적 결과물이다. 그것을 일부러 아름답게 만들 수는 없다. 우리는 의도적으로 폐허를 만들지 않으며, 관리하지도 않는다. 폐허는 밑으로, 그리고 무더기에 가까워진다. 가장 멋진 것은 무너진 이후에도 여전히 서 있는 것들이다. 네 기억은 이 위에 서 있는 것이고, 네 몸은 이 아래에 쓰러진 것이다. 너의 유령이 나의 기억 속에 우뚝 서 있을 동안, 네 해골은 땅에서 분해되고 있다.

너는 12월 25일에 태어난 것을 기뻐했다. "사람들이 내 생일인지 모르고 축하하잖아. 주인공이 되어 빛나야 하는 곤경에 처하지 않아도 돼서 얼마나 다행인지."

어느 날, 한 남자가 너에게 사랑한다고 말했다. 그 사람은 내가 아니었다. 네가 살아 있을 때는 생각하지 못했는데, 지금의 나는 너에게 같은 말을 할 수 있을 것 같다. 비록 너에게 그 말을 했던 사람의 사랑과는 다른 것이어도 말이다. 말이 너무 늦게 나오네. 내 말은 네 결정을 되돌릴 수는 없었겠지만, 내 기억을 바꿀 수는 있었을 것이다. 죽음 이후에야 누군가를 사랑하는 것, 이것이 우정일까?

나는 네 사진을 딱 한 장 가지고 있다. 네 생일에 내가 찍은 사진이다. 너는 우리 집에 있었다. 내 어머니가 케이크를 만들었다. 나는 네가 촬영차 여러 번 연기를 하지 않아도 되도록 미리 사진기를 준비해 두었다. 네가 촛불을 불었을 때 나는 플래시 없이 사진을 찍었다. 이미지는 흐리다. 흑백사진이다. 너의 볼은 숨결 때문에 움푹 파였고, 입술은 바람을 부느라 바짝 모여 있다. 나는 너를 중심으로 구도를 잡았고, 너를 둘러싼 사람들은 보이지 않는다. 너는 두꺼운 양모 스웨터를 입고 있다. 촛불을 끄기 위해 삶이 너의 폐에서 빠져나온다. 너는 행복해 보인다.

젊어서 죽은 너는 영원히 늙지 않을 것이다.

너의 할아버지는 너보다 말을 더 적게 했다. 낚싯대를 들고 지나가는 그를 마주치면 그는 조용히 미소를 짓곤 했다. 그는 공원의 경계를 짓는, 그가 오후를 보내는 하천가로 이어진 길로 가기 위해 줄지어 선 나무를 따라 걸었다. 하루는 내가 물 위로 뻗은 나뭇가지에 매달려 재주넘기를 하던 도중, 차고 있던 손목시계가 물에 빠진 적이 있다. 그 후로 몇 년이 지나 건조한 여름이 계속되고 하천의 수위가 내려갔을 때, 네 할아버지가 시계를 되찾았다. 나는 태엽을 감았다. 시계는 다시 돌아가기 시작했다. 네가 죽고 나서 2년이 흘러 있었다.

너에게는 큰 호텔을 운영하는 시아버지를 둔 친구가 있었는데, 그는 너에게 여름 동안 할 아르바이트를 구해 주었다. 너는 도어맨으로 일했고 청소도 했다. 나는 다른 시대의 재킷, 빨간색과 검은색이 섞인 모자의 호텔 복장을 갖춘 네 모습을 쉽게 상상할 수 없었다. 너는 호텔 방을 청소하다가 이상한 물건을 발견하고는 했다. 하루는 네가 '금융인'이리라 짐작한 남자의 침대 옆 탁자 서랍에서 아직 플라스틱 포장이 벗겨지지 않은 게이 포르노 잡지 컬렉션과 한 번도 사용되지 않은 딜도를 발견했다. 너는 나에게 그것들을 보여 줬었지. 여전히 아무것도 개봉되지 않은 채였다. 네가 죽고 나서 누군가 그것들을 발견했을까? 사람들은 네 집에 이것들이 있었다는 사실을 어떻게 받아들였을까?

너는 나에게 『가르니에리의 폐허』에 대해 말하고는

했다. 이 책의 저자인 프로스페로 미티는 인쇄된 책 대신 오직 교정쇄만 읽었다. 그러다 하루는 우연히 인쇄된 책을 한 권 읽게 되었는데, 책의 장(章) 순서가 그가 쓴 것과는 딴판임을 발견했다. 그는 순서가 잘못된 책이 마음에 들었기에 재판(再版)에서 교정해 달라고 요구하지 않았다. 너는 책을 다 읽은 후에 이 일화를 알게 되었다. 너는 원래의 순서를 맞춰 보려고 책을 다시 읽으려 하지 않았다.

너는 내려갈 때 엘리베이터를 타곤 했지만, 올라갈 때는 타지 않았다.

너는 나이가 들수록 덜 불행해지리라 믿었는데, 그때가 되면 슬퍼도 되는 이유가 있게 되리라 생각해서였다. 아직 젊었던 너에게 네 고통은 위로할 수 없는 종류의 것이었는데, 네가 보기에는 이 고통에 근거가 없기 때문이었다.

너의 자살은 터무니없이 아름다웠다.

한겨울에 너는 혼자 말을 타고 시골을 가로질러 떠났다. 네 시였다. 네가 종마 사육장에서 몇 킬로나 떨어져 있었을 때 해가 지고 말았다. 천둥이 몰려오고 있었다. 말이 황량한 들판을 질주하고 있을 때 천둥이 쳤다. 마을의 윤곽이 멀리서 검푸른 색으로 뚜렷하게 드러났다. 번개와 뇌명은 이 짐승을 겁먹게 하지 않았다. 얼마 동안 이어진 악천후는 너를 흥분시켰다. 너는 비 때문에 한층 강한 냄새를 풍기는 이 짐승에 몸을 바짝 붙였다. 너는 물에 잠긴 어둠 속에서 말발굽으로 비옥하고 축축한 땅을 한 발씩 내디디며 여정을 마쳤다.

너는 도서관에서 앉아서 책을 읽기보다는 서점에서 서서 읽곤 했다. 너는 지난날보다는 오늘날의 문학을 발견하기를 원했다. 과거는 도서관에, 현재는 서점에. 그럼에도 불구하고 너는 현시대의 사람들보다 죽은 자들에게 더 관심이 있었다. 특히 너는 네가 '살아 있는 죽은 자들'이라고 이름 붙인 작가들을 읽었는데, 이들은 죽었지만 계속해서 출판되는 작가들이었다. 너는 지난날의 지식을 오늘날의 것으로 만드는 출판업자들을 신뢰했다. 너는 잊힌 작가들의 기적적인 발견을 그다지 믿지 않았다. 너는 시간이 이들 모두를 정리할 것이고, 따라서 내일이면 잊힐 오늘의 작가들보다 과거의 작가들이지만 오늘날 계속 출판되고 있는 작가들을 읽는 편이 더 낫다고 생각했다.

동네에는 서점이 두 곳 있었다. 작은 서점이 큰 서점보다 나았지만, 큰 서점에서는 책을 사야 한다는 압박감을 느끼지 않고 책을 읽을 수 있었다. 큰 서점에는 직원이 여러 명 있었고, 다양한 공간이 있었으며, 아무도 고객을 주시하지 않았다. 작은 서점에서 너는 서점 주인의 시선을 느끼곤 했다. 너는 그곳에 책을 발견하기 위해서라기보다는 이미 고른 책을 사러 가곤 했다.

나는 네가 누군가에게 네 어머니 집의 뒤편에 사는 늙은 농부를 흉내 내는 것을 본 적이 있다. 그 농부는 "어떻게 지내니?"라는 인사를 "어뜨내니?"라고 줄여서 말하곤 했다. 너는 상대에게 평소처럼 인사를 하기 위해 손을 내밀며 다가갔고, 마지막 순간에 농부의 인사를 뱉었다.

이를 예고하는 아무런 신호도 없었다. 너는 두 번 웃기기 위해 이를 반복하지 않았다. 너는 누가 시킨다고 웃기는 사람이 아니었다.

너는 아침보다 저녁에 더 작아진다고 주장했는데, 종일 너의 무게가 척추를 누르고 있었기 때문이라고 했다. 너는 낮이 너의 몸에서 가져갔던 것을 밤이 돌려준다고 말하곤 했다.

너는 미국 담배를 피웠다. 네 방은 그 담배들의 달짝지근한 냄새가 배어 있었다. 네가 담배 피우는 모습을 보면 나도 담배를 피우고 싶어졌다. 네 손에서 담배 한 개비는 하나의 예술 작품이었다. 너는 담배 피우는 것을 좋아했을까, 아니면 네가 담배 피우는 모습을 좋아했을까? 너는 담배 연기로 빽빽하고 두툼한, 완벽한 동그라미를 만들었고, 이 연기는 2미터쯤 이동한 후 한 물체를 감싼 다음 그곳에서 분해되었다. 내가 너를 마지막으로 봤을 때, 너는 담배를 끊었었지만, 술은 계속 마셨다. 너는 배를 쓰다듬으며 살이 쪘다고 자축했지만, 달라진 점은 별로 없었다. 너의 몸매는 그대로였다.

네 자살을 설명하는 것? 누구도 감히 하지 못했다.

네가 춤을 춘다고는 정확히 말할 수 없을 것이다. 음악이 네 주위에서 울리고, 다른 사람들의 몸이 저음부의 소용돌이에 휩쓸리지만, 음악은 네 안에 가닿지 않았다. 너는 스텝을 밟았지만, 춤을 춘다기보다는 흉내 내는 것에 가까웠다. 너는 혼자 춤췄다. 누군가와 눈이 마주치면 너는 터무니없는 상황에서 허를 찔린 사람처럼 미소를 지었다.

너는 자살 전에 자살 시도에서 실패한 적이 없었다.

너는 죽음을 무서워하지 않았다. 너는 죽음을 추월했지만, 진실로 원하지는 않았다. 어떻게 모르는 것을 원할 수 있단 말인가? 너는 삶을 부정하지는 않았지만, 미지에 대한 확고한 취향이 있었고, 만약 다른 쪽에 무엇인가 존재한다면 여기보다 나으리라고 확신했다.

너는 책을 읽을 때 몇 번이고 '작품들'이 소개된 페이지를 들여다보곤 했다. 다른 작품을 읽으려는 마음이 있었다기보다는, 그 제목들이 암시하는 것을 상상하기를 좋아했다. 너는 시집에 실린 시들이 제목만큼 좋지 않을까 봐 『지상의 거처』*를 읽지 않았다. 미지의 것들은 네가 읽고 실망할 것들보다 더 강하게 존재했다.

너는 주중에 종종 일요일인 것 같은 인상을 받곤 했다.

너는 여행을 좋아하지 않았다. 너는 외국에 나간 적이 손에 꼽는다. 너는 주로 방에서 시간을 보내곤 했다. 네 방보다 덜 편안한 벽들에 둘러싸여 있으려고 몇 킬로미터를 이동한다니 쓸데없다고 생각했다. 너에게는 상상의 휴가를 떠올리는 것만으로도 충분했다. 너는 공책에 오늘날의 관광 추세를 참고해서 네가 할 수 있었을 것들을 적어 놓았다. 인도의 사원에서 기도하는 사람들을 관찰하기. 발리에서 다이빙하기. 발디제르에서 스키 타기.

* 파블로 네루다의 시집.

헬싱키에서 전시 관람하기. 포르토베키오에서 수영하기. 네 방에 머무르기가 지겨워질 때면 너는 상상의 휴가에 대해 적어 놓은 이 메모를 보면서 기분 전환을 했고, 그것들을 시각화하고자 눈을 감았다.

하루는 너에게 여행을 자주 하지 않는 이유가 뭐냐고 물어봤다. 너는 네 어머니의 친구였던, 외국에서 몇 개월을 보낼 수 있는 보조금을 받은 작가의 얘기를 들려줬다. 그는 그가 가려고 했던, 30년 전에 독재정치가 시작된 실제로 존재하는 나라에서 영감을 받은 상상의 국가에서 펼쳐지는 정치소설을 쓰기 위해 자료를 수집하려고 했다. 그리고 그곳에 도착하자마자 그는 하루 만에 자신의 생각이 얼마나 터무니없었는지 깨달았다. 자료 수집은 그에게 아무런 도움이 되지 않았다. 그에게 도움을 줄 수 있는 것이라고는 그의 상상력이 유일했지만, 이 명백한 사실을 이해하기 위해서는 이 여행을 해야만 했다. 반년으로 계획된 여행은 이틀로 줄었다. 그는 다음 비행기를 타고 집으로 돌아갔다.

나는 네가 외국어를 구사하는지 몰랐다. 어느 날 네 어머니의 친구인 아일랜드 여자가 네 집을 방문했다. 그는 프랑스어를 하지 못했다. 너는 완벽한 영어로 그에게 말을 건넸다.

오직 살아 있는 자들만 일관성이 없는 듯하다. 죽음은 그들의 삶을 구성했던 일련의 사건들을 종결시킨다. 그러면 우리는 거기에서 의미를 찾는 것을 체념한다. 의미 찾기를 거부하는 것은 하나의 삶이, 모든 삶이 부조리함을 받아들이는 것이다. 너의 삶은 완결된 것들의 일관성에 가닿지 못했다. 하지만 네 죽음이 네 삶에 일관성을 부여했다.

어느 날 너는 파란색 오토바이를 타고 바닷가를 향해 떠났다. 너는 시속 180킬로미터로 달리고 있었다. 자동차 한 대가 갑자기 네 앞으로 끼어들었다. 네가 다시 자동차를 앞질렀을 때, 너는 팔을 들어 공격적인 신호를 보냈다. 그리고 30킬로미터쯤 달려 고속도로를 빠져나왔을 때, 그 자동차가 너를 추월해 교차로에서 길을 막았다. 너는 운전자가 뭘 바라는지 몰랐지만, 그는 그 자리에 멈춘 채 엔진을 최대한 회전시켰다. 뒷좌석에 앉아 있던 두 남자는 흥분해서 너를 바라보고 있었다. 너는 오토바이에서 내려 자동차를 향해 걸었다. 그들은 네가 그들에게 가까이 다가가기 전에 떠났다. 해변에 도착한 너는 우연히 그들을 만났다. 멀리서 너를 발견한 그들은 네가 그들을 쫓아왔다고 여겼다. 너는 헬멧을 머리에 쓴 채로 그들에게 향했다. 그들은 수영복 차림이었다. 그들은 황급히 소지품을 챙겨 부랴부랴 도망쳤다. 그들은 달리면서 뒤를 살폈다.

여럿이 함께 있을 때, 다른 사람을 말없이 관찰하는 너의 태도는 그들을 불편하게 만들었는데, 너는 마치 숨쉬는 조각상 같았고, 이에 대조되는 모든 경박한 움직임에 무심한 것처럼 보였다.

네가 세상을 지우려는 선택을 했던 것은 남겨진 사

람들이 그렇게 하지 못하도록 한다. 그들은 네가 놓친 것을 본다. 그들의 고통은 네가 더는 존재하지 않는다는 생각에 미치면 기쁨으로 변한다.

예술에서, 덜어 내는 것은 완벽해지는 것이다. 너는 떠남으로써 음성(陰性)적인 아름다움에 안착하였다.

네 어머니의 집에는 집을 지키는 늙은 개 한 마리와 게으르고 쓸모없는 애완용 고양이 몇 마리가 있었다. 우리는 다음의 말을 읊곤 했다. 고양이는 평생 보살펴 줘도 하루 만에 당신을 떠날 것이지만, 개는 단 하루만 보살펴 줘도 당신에게 평생 충실할 것이다. 너는 고양이였고, 나는 개였다.

너는 맡은 일을 성공한 적이 별로 없다.

내가 너를 마지막으로 봤을 때, 너는 하얀색 면 셔츠를 입고 있었다. 너는 네 아내와 함께 내 형의 결혼식이 열리던 성 앞의 잔디밭에서 햇볕을 받으며 서 있었다. 너는 결혼식의 환희에 낯설어하지 않았다. 이 분위기에 거리감을 느끼는 쪽은 오히려 나였다. 사람들이 모인 자리에서 사교적으로 행동하는 내 가족이 낯설게 느껴졌다. 너는 이 부르주아적인 의식이나, 그렇게 가까운 사이가 아님에도 불구하고 제삼자들 앞에서 자신의 사랑을 증명하려고 한 내 형의 선택에 대해 불편한 기색을 보이지 않았다. 너는 사람들이 모이는 자리에서 네가 보이곤 하던 공허하고 슬픈 시선을 보이고 있지 않았다. 너는 하얀색 돌로 된 성벽과 200년 묵은 삼나무 사이의 널따란 잔디밭에서 포도주와 햇볕에 취한 채 이야기 나누는 사람들을 바라보며 미소를 지었다. 나는 내가 마지막으로 본 너의 이 미소가 조롱의 미소였는지, 아니면 그 반대로 세속적인 기쁨을 더는 느끼지 않을 것을 알았던 사람의 다정한 미소였는지, 네가 죽은 후 나에게 종종 묻곤 했다. 너는 이 기쁨을 버리고 떠나는 것을 아쉬워하지 않았지만, 이를 조금 더 즐기는 것을 거부하지도 않았다.

너는 주저하지 않았다. 너는 소총을 준비했다. 탄알을 하나 넣었다. 너는 네 입안에 대고 방아쇠를 당겼다. 너는 사냥용 소총을 이용한 자살이 총을 쏘는 이가 관자놀이나 이마 혹은 심장을 겨냥할 경우 반동이 총알을 목표물에서 비껴 나게 하기 때문에 실패할 수도 있음을 알았다. 하지만 입으로 총을 고정한다면, 실수할 확률은 낮았다. 만약 네가 너의 자살을 알리고자 했다면, 다시 말해 그것을 단념하고자 했다면, 너는 좀 더 과격하지 않은 방법을 택했을 것이다. 너의 방법은 폭력적이었고, 결과는 돌이킬 수 없었다. 너는 너의 행동을 심사숙고했다. 결정하고 나자 아무것도 너를 멈출 수 없었다. 너의 시선은 더는 너를 둘러싼 세상 안에 있지 않았고, 그것이 겨냥하는 목표에 고정되었다. 하루는 네 어머니가 마지막으로 키우던 개가 100미터쯤 떨어진 곳을 지나가던 다른 개에게 돌진했다. 어머니의 개는 다른 개에게 달려들어 주둥이로 물어뜯었고, 쥐라도 되는 양 흔들었다. 누군가 그 둘을 떨어트려 놓지 않았다면, 개는 다른 개를 죽이고 말았을 것이다. 그 개와 너는 같은 눈빛을 띠고 있었다.

너의 자살은 반대의 효과를 낳는 행동이었다. 그 자신의 죽음을 초래하는 강렬한 행동.

너의 아내는 네 앞에서 말을 거의 하지 않았다. 나는 그의 목소리를 기억하지 못한다. 그는 시선으로 너에게 동의하는지 동의하지 않는지 표현했다. 같이 있는 사람이 누구든 간에 너는 그가 가장 많이 바라보는 사람이었다. 그의 내성적인 성향은 너를 안심시켰다. 그의 신중함은 너의 침묵을 동반했다. 너와 너의 아내는 같은 담배를 피웠다. 담배 한 갑을 가지고 둘이 나누어 피우곤 했다. 너의 아내는 자동차를 운전했고, 너는 오토바이를 몰았다. 너와 너의 아내 사이에 아이는 없었다. 너의 아내는 일했다. 그는 둘의 생계를 위해 돈을 벌었고, 너는 경제학 공부를 이어 갔다. 그는 너의 이론과 언어에 감탄하곤 했다. 그는 지금 어떻게 지내고 있을까? 너의 죽음에서 회복했을까? 사랑을 나누면서 너를 생각할까? 다시 누군가와 결혼했을까? 너는 너를 죽이면서 그도 죽였나? 그가 너를 기억하기 위해 아들에게 네 이름을 붙였을까? 딸이 있다면, 딸에게 네 이야기를 하곤 할까? 네 생일에 그는 무엇을 할까? 네 기일에는? 네 무덤을 꽃으로 장식할까? 그가 찍은 네 사진들은 어디 있을까? 네 옷을 가지고 있었을까? 그 옷에서는 아직도 네 냄새가 날까? 네 향수를 사용할까? 네 그림들은 어떻게 했을까? 그의 집 액자에 걸려 있을까? 너를 위한 박물관을 만들었을까? 네 뒤에 어떤 남자들이 있었을까? 그들은 너를 알았을까? 그가 너에 대해 가지고 있는 기억은 네 뒤를 이을 사람의 존재를 불가능하게 만들었을까?

네가 덧창이 닫혀 있고 어둠에 잠긴 방의 침대에 누운 채 잠에서 깨어날 때면 네 생각은 물처럼 흐르곤 했다. 자리에서 일어나 커튼을 걷어 젖히면, 그 생각들은 어두워졌다. 햇빛의 강렬함은 밤의 명료함을 지웠다. 밤에, 네 아내가 자는 시간은 너에게 명석한 고독을 선사했다. 낮에는 사람들이 너를 분열시키는 벽을 만들었고, 밤에 찾아오는 네 생각의 목소리를 듣지 못하게 방해했다.

너는 슬픈 록 음악에 대한 내 기억을 독점하고 있다. 어떤 음악을 들으면 그 음악은 네 희미한 존재의 빛을 띤다. 너는 시를 읽지는 않았지만, 종종 읊고는 했다. 네가 좋아하는 노래에서 음악을 뺀 가사였다. 너의 시는 록 음악이었다.

너는 잘 모르는 외국어로 된 록 음악을 듣는 것이 더 낫다고 말하곤 했다. 가사를 반절 정도만 이해했을 때 더 아름답다고. 만약 시기가 맞아떨어지기만 했다면 다다이즘은 괜찮은 록 음악을 만들었을 것이라고.

너는 정신분석가를 따로 보러 가지는 않았지만 너 자신을 분석하는 데 많은 시간을 들였다. 너는 프로이트, 융과 라캉을 읽었다. 너는 정신분석에 대해 진지하게 생각했지만, 그것을 실천하지는 않았다. 너는 치료가 너를 정상화하거나 네가 계발해 온 독특함을 평범하게 만들 것이라고 생각했다. 너는 다른 사람을 듣는 것을 좋아했다. 사람들은 너에게 거리낌 없이 자기 얘기를 들려주었다. 과묵하고, 주의 깊고, 건설적이었던 너는 너를 신뢰하는 사람들을 도운 만큼 너 자신을 돕지 않았다.

너는 길에서 행인이 지나가면서 뱉은 말을 수집하고는 했다. 그중 네가 가장 좋아했던 것은 "나는 개를 좋아하지만, 공룡은 사랑해."였다.

너는 고유명사 역시 수집했다. 너는 가장 불온한 성을 가진 이들을 모아 선거인명부를 작성해 액자에 넣어 두었다.

너는 자동 응답기에 실수로 남겨진 음성 메시지를 테이프에 남겨 두었다. 그중 하나는 절망적인 목소리를 가진, 나이 든 여자가 느리게 "우리 잘 도착했어. 우리 잘 도착했어. 우리 잘 도착했어."라고 말하는 것이었다.

우리는 동이 트는 것을 빼면 아무런 제약도 없는 밤에 대화하곤 했다. 어느 날 저녁, 너는 쉬지 않고 여덟 시간 동안 프로이트와 마르크스, 그리고 콘드라티예프 사이클에 대한 너의 생각을 번갈아 가면서 이야기했다. 아무렇게나 섞은 네 어머니의 술들을 비워 감에 따라 네 여담은 길어졌다. 날이 밝자 너는 열다섯 개의 술병에서 각자 일정한 양을 커다란 유리잔에 따라 '콘드라티예프 칵테일'을 만들었다. 리카르*의 향이 다른 술의 향을 압도했고,

* 아니스, 감초 등을 첨가해 만든 파스티스의 일종.

음료에 우윳빛이 돌게 했다. 너는 그 잔을 완전히 비운 후에야 자러 갔다.

너는 지난해에 썼던 수첩들을 보관하고 있었다. 네가 존재한다는 것에 대한 의심이 들 때면, 너는 그것들을 다시 읽고는 했다. 너는 너 자신의 연대기를 훑어보듯 아무 페이지나 펼쳐 읽으며 과거를 다시 경험하고는 했다. 가끔은 네가 더는 기억하지 못하는 약속이나 네 손으로 썼지만 낯설게 느껴지는 사람들의 이름이 적혀 있기도 했다. 하지만 대부분의 일은 기억하고 있었다. 그러자 너는 적어 둔 일들 사이에 무슨 일이 있었는지 기억하지 못하는 것을 걱정했다. 그 순간들 역시도 살았는데 말이다. 그 순간들은 어디로 가 버렸을까?

너는 넘치는 것을 거부했다. 너는 조금 했지만 잘했고, 못하는 것보다 아무것도 하지 않는 편을 택했다. 너는 현대적인 갈증을 몰랐다. 너는 모든 것을 당장 가지려는 욕구가 없었다. 너는 먹고, 마시고, 담배 피우고, 말하고, 외출하는 것을 자제하기를 좋아했다. 너는 커튼을 친 네 방에서 며칠 동안이나 빛 없이 흡족히 살 수 있었다. 너는 신선한 공기를 그리워하지 않았다. 침묵은 너를 기쁘게 했다. 이 메마름은 너의 오래된 의식이었다.

너는 연극을 특별히 좋아하지는 않았지만, 네가 선택한 죽음은 너 스스로 장소, 순간, 그리고 방법을 결정하도록 했다. 완성하기 위해 너 스스로 연출해야만 했다.

너는 끝없는 의심에 빠져들곤 했다. 너는 이 분야의

전문가라고 자칭했다. 하지만 의심하는 것은 너를 지치게 만들어서 결국 너는 의심을 의심하기에 이르렀다. 하루는 홀로 생각에 잠겨서 꼬박 오후를 보낸 너를 본 적이 있다. 너는 부동자세였고 넋이 나가 보였다. 협곡과 함정으로 가득한 깊은 숲을 수 킬로미터 달리는 것조차도 너를 그렇게 지치게 만들 수는 없을 것이었다.

너의 자살은 남겨진 사람들의 삶을 보다 강렬하게 만들었다. 권태가 그들을 위협하거나 삶의 부조리가 잔혹한 거울의 모퉁이에서 튀어나올 때면, 그들은 너를 생각하고, 그러면 존재한다는 고통이 더는 그렇지 않은 불안함보다는 나은 것이라고 자신을 다독인다. 네가 더는 보지 못하는 것들을 그들은 본다. 네가 더는 듣지 못하는 것들을 그들은 듣는다. 네가 더는 노래하지 않는 것들을 그들은 노래한다. 단순한 것들의 기쁨이 네 슬픈 기억의 빛을 받고 그들 앞에 나타난다. 너는 이 검지만 강렬한 빛이고, 너의 밤으로부터 그들이 더는 보지 못했던 낮을 새롭게 비춘다.

너는 친구들과 산에 스키를 타러 갔다. 첫 번째 날, 너와 그들은 스키장에서부터 보이는 빙하의 정상까지, 올라갈 수 있는 가장 높은 곳으로 갔다. 네 친구들은 추웠기에 바로 내려갔다. 너는 혼자 작은 골짜기에 멈춰 전날 내린 새 눈을 바라보았다. 해가 역광으로 비추고 있었고, 바람이 불어와 눈의 표면에서 얇은 막을 걷어 내었다. 이 작은 골짜기는 바위, 관목 그리고 땅 모두 이 차가운 하얀색으로 덮여 있었다. 낮 안의 밤이었고, 어둠의 음화된 버전이었다. 너는 가장 좋은 꿈들 안에서 그런 것처럼 깨어 있고 정신이 맑은, 이상적인 잠을 잔 것 같은 느낌을 받았다.

장례미사는 네 어머니 집의 맞은편에 있는 작은 교회에서 열렸다. 나는 그때 처음이자 마지막으로 그 안에 들어갔다. 도로 가에 세워진 작은 회색 건물이었다. 안으로 들어가려면 흙으로 된 길을 따라 뒤로 돌아가야 했다. 정원은 없었고, 나무만 한 그루 있었다. 네가 살아 있을 때, 나는 네 입에서 '미사'라든가 '교회'라는 단어가 나오는 것을 들은 적이 없다. 하지만 너는 가끔 신에 관해 얘기할 때가 있었는데, 그것이 추상적인 실체, 대화의 주제, 혹은 다른 이들이 열광하는 이상한 것이라도 되는 것처럼 말했다. 너를 모르는 신부가 너에 관해 이야기하는 것을 듣자니 묘한 기분이 들었다. 너와 신부는 맞은편에 살았지만, 그는 최근에서야 이 본당으로 발령을 받았다. 그가 너를 위한 추도사를 했다. 그는 진실도, 거짓도 말하지 않았다. 그의 말 속에서 너는 누구로든 대체될 수 있었다. 그가 너를 모르는 상태에서 이 설교를 준비하기는 했지만, 그는 그에게 소중한 사람에 대해 말하는 것처럼 감동한 듯 보였다. 나는 그의 진심을 의심하지는 않았지만, 그가 너의 죽음보다는 죽음이라는 것 자체에 감동했다고 생각했다. 미사 중간에 누군가 거칠게 숨을 내쉬기 시작했다. 마치 오랜 추적 끝에 모퉁이에 몰린 야생 짐승이 내는 소리 같았다. 사람들이 네 남동생을 들어서 열을 맞춰 놓여 있던 의자에 눕혔다. 그의 울음은 신경질적인 고함으로 변했다. 그 후로 몇 분 뒤, 너의 남동생이 계속 울고 있을 때, 네 여동생 역시 같은 현기증을 느꼈다. 사람들이 그 역시 눕혔다. 네 장례의 슬픔 속에 길을 잃은 두 짐승. 네 어머니는 여전히 서 있었다. 신부는 당황했지만, 설교를 이어 나갔다. 나가는 길에 사람들은 마치 죄를 지은 것처럼 감히 서로를 쳐다보지 못했다. 무슨 죄? 네 어머니는 고개를 숙이고 네 새아버지의 팔에 기댄 채 천천히 앞으로 나아갔다. 거리를 두고 서 있던 네 아버지가 가장 큰 죄책감을 느꼈다. 하지만 그의 죄책감은 네 최후의 굴욕이었다. 그는 그것에 책임을 짐으로써 네 죽음을 그의 것으로 만들었다.

문학에 대한 너의 취향은 책을 거의 읽지 않는 아버지에게서 온 것이 아니라 문학을 가르치는 너의 어머니에게서 비롯한 것이다. 너는 그 둘을 보면서 이렇게 다르면서 어떻게 한 가정을 이룰 수 있었는지 의문이 들곤 했지만, 네 안에 그 둘 중 한 명의 폭력성과 다른 한 명의 부드러움이 공존한다는 것을 인정했다. 네 아버지는 그의 폭력성을 다른 사람에게 행사했다. 네 어머니는 다른 이의 고통에 공감했다. 어느 날 너는 네가 물려받은 폭력을 자신에게 행사했다. 너는 네 아버지처럼 그것을 저질렀고, 네 어머니처럼 그것을 받아들였다.

너는 오래된 물건들을 좋아했지만, 벼룩시장에서 구할 수 있는 것들은 아니었다. 누구에게 물건이 속해 있었는지 아는 것은 물건이 다른 사람에게 속해 있었다는 사실보다 더 중요했다.

네 겉모습에서는 영양 과잉으로 인한 지방의 흔적을 찾아볼 수 없었다. 너는 말랐고, 다부졌으며, 근육질이었다. 네 얼굴은 날카로워 보였지만, 나는 어느 한 오후에 긴 의자에서 긴장이 풀린 채 잠들어 있는 너를 보고 이 인상이 네 얼굴의 예리하고 각이 진 형태에서 비롯한다는 것을 깨달았다.

너는 말할 때 몸짓을 동원하지 않았다. 말하지 않을 때는 네 눈이 몸을 대신해서 표현하고 있었다. 네 표정은 너무나도 드물게 변하는 나머지 너는 입술의 주름 하나만으로도 사람들을 웃기거나 위협할 수 있었다.

너의 삶은 네 자살이 암시하는 것만큼 슬프지 않았다. 사람들은 네가 고통으로 죽었다고 말한다. 하지만 너는 너를 지금 기억하는 사람들보다 슬프지 않았다. 너는 공허를 발견할 위험을 무릅쓰고 행복을 찾으려고 했기 때문에 죽었다. 우리는 네가 찾은 것이 무엇인지 알기 위해 죽을 때까지 기다려야 한다. 혹은 우리를 기다리고 있는 것이 침묵과 공허라면, 더는 아무것도 알지 않기 위해서.

네가 삶을 떠난 방식은 네 삶에 대해 반대의 형식으로 이야기를 썼다. 너를 알았던 사람들은 네 마지막 행동에 비추어 네 지난날의 모든 행동을 다시 읽는다. 이 커다란 검은색 나무의 그림자는 이제 네 삶이었던 숲을 가린다. 사람들이 너에 대해서 말할 때, 그들은 너의 죽음에서부터 이야기를 시작한 다음, 그것을 설명하기 위해 시간을 거슬러 올라간다. 이 최후의 행동이 너의 전기를 뒤집는다는 것이 묘하지 않은가? 나는 너의 죽음 이후로 단 한 사람도 네 이야기를 할 때 네 인생의 처음부터 시작하는 것을 들은 적이 없다. 네 자살은 근본적인 행동이 되었다. 자살의 부조리함은 너를 매료시켰고, 너는 이 제스처를 통해 이전의 행동들에 대한 의미의 무게를 던다고 믿었지만, 이것들은 오히려 양도되고 말았다. 네 마지막 순간은 다른 사람들로 하여금 네 삶을 바꾸도록 만들었다. 너는 마치 연극의 끝 무렵에서 마지막 대사를 통해 그가 사실은 연극 내내 연기했던 인물이 아니라 다른 인물이었다고 밝히는 배우 같다.

너는 병들고 늙어서 마치 유령을 방불케 하는 시든 몸을 가진, 사는 것을 멈추기도 전에 죽은 사람처럼 보이는 이들에 속하지 않는다. 그들의 죽음은 노쇠의 완결이다. 오랫동안 죽어 가던 사람이 죽는 것, 이것이 해방이 아니라면 무엇인가, 죽음의 죽음이 아니고 무엇인가? 너는 생명력 안으로 떠났다. 젊고, 활력 있고, 건강한 사람으로서. 너의 죽음은 삶의 죽음이었다. 하지만 나는 네가 그 반대인, 죽음의 삶을 구현한다고 믿고 싶다. 나는 네가 어떤 형태로 너의 자살에 살아남을지 설명할 수는 없지만, 네 죽음이 너무나도 받아들일 수 없기에, 네가 영원하다고 믿는 미친 생각이 들었다.

너는 페루에 가 본 적이 없었고, 검은색 부츠를 좋아

하지 않았고, 분홍색 자갈길을 맨발로 걸어 보지도 않았다. 네가 해 보지 않은 일의 수는 머리를 어지럽게 하는데, 그것은 우리가 포기해야만 하는 것들의 수를 상기시키기 때문이다. 우리에게는 이 모든 것들을 위한 시간이 부족할 것이다. 너는 시간을 더 쓰지 않기로 선택했다. 너는 우리가 영원하다고 믿기 때문에 생존을 가능하게 하는 미래를 포기했다. 우리는 땅의 모든 것에 입 맞추고, 땅의 모든 열매를 맛보고, 모든 인간을 사랑할 수 있기를 원한다. 너는 우리에게 희망을 주는 이러한 환상들을 거부했다.

여행할 때, 너는 네가 원래 있었던 장소보다 새로운 장소에 더 가고 싶어 했지만, 그곳에 막상 도착하면 불만족스러움 역시 너를 따라왔음을 깨달았다. 신기루는 다음 목적지로 떠났다. 그 와중에 전에 있었던 장소는 네가 멀어질수록 더 아름답게 보였다. 과거는 점점 나아졌고, 미래는 너를 끌어당겼으며, 현재는 너를 짓눌렀다.

너는 낯선 도시에서 이방인으로 존재하는 것의 기쁨을 맛보기 위해 여행을 했다. 너는 배우가 아닌 관중이었다. 움직이는 여행자, 조용한 관객, 우발적인 관광객. 너는 공공장소, 광장, 길과 공원을 무작위로 방문했다. 상점, 식당, 교회와 박물관에 들어갔다. 너는 도시의 흐름 한가운데 가만히 서서 머물러도 아무도 놀라지 않는 공공장소들을 좋아했다. 군중은 너의 익명성을 보장했다. 소유권은 사라진 것처럼 보였다. 이 건물들, 이 도보와 벽은 누군가에게 속해 있었지만, 어떤 것도 그 사실을 드러내 보이지 않았다. 언어와 지역 관습의 낯섦 때문에 그것들의 주인이 누구인지 알아보거나 추측하는 것은 불가능했다. 너는 사물이 그것을 바라보는 사람들에게 속하는 시각적 공산주의 안에서 유영했다. 이 유토피아 안에서는 오직 너를 닮은 사람들, 즉 고독한 여행자들만이 네가 모르는 사이에 사회의 규칙을 위반했음을 알아챘고, 그 일에 대해 아무도 너에게 책임을 묻지 않았다. 너는 실수로 개인 주택에 들어가거나, 초대받지 않은 콘서트에 참석하거나, 연설 때가 돼서야 정체를 알게 된 연회에서 식사를 했다. 만약 네가 네 나라에서 이렇게 행동했다면, 사람들은 너를 거짓말쟁이라고 생각하거나 아니면 미친 사람으로 대했을 터였다. 하지만 외국에서는 외국인의 어처구니없는 행동 방식이 용납된다. 네 집에서 멀리 떨어진 곳에서 너는 소외되지 않으면서 미친 사람이 되는, 지성을 포기하지 않으면서 바보가 되는, 죄책감 없이 사기꾼이 되는 기쁨을 맛보고는 했다.

너에게 외국이란 카페에서 단둘이 만나는 친구처럼 네가 동등하게 대하고 싶은 존재였다. 네가 누군가와 함께 여행하면, 그 나라는 작아졌다. 네 동반자는 그 나라만큼이나 여행의 주제가 되었다. 단체 여행에서 나라는 지나치게 소심한 손님처럼 존재감이 잊히는 조용한 접대자가 되고 말았고, 중심 주제는 배경 막이 되고 말았다. 웃기고 수다스러운 단체와 함께한 영국 여행의 끝에서 너는 성인을 위한 여름 캠프는 이제 끝이라고 다짐했다. 너는 눈먼 자들의 그룹과 함께 걸었다. 이제부터 너는 보기 위해 여행할 것이다. 너는 미지의 정경에 녹아들기 위해서 혼자 여행할 것이다. 하지만 현실이 너의 결심을 반박한다. 너는 그 이후로 더는 외국을 여행하지 않았다.

너는 카페에 앉아서 몇 초 남짓 행인을 바라보며 그들을 예리한 단어 몇 개로 수식하고는 했다. 너는 개인 혹은 세부 사항에 대해 잔인한 카테고리를 만들었다. 50살 먹은 총각, 거대한 난쟁이, 차려입은 식인귀, 우익 섹스광, 비싼 시계를 찬 판매원, 굽이 있는 구두를 신고 염색을 한 노인, 소아성애자 회계사, 이성애자 호모. 그 적절함은 네 대화 상대들의 귀에 꽂혔고, 네가 의도했던 것보다 더 심한 조롱이 섞인 웃음을 유발했다. 너는 악의를 가진 것도, 냉소적인 것도 아니었고, 그저 무자비했을 뿐이었다. 토요일 오후, 시내 중심에 있는 카페의 유리창 너머로 펼쳐진 군중의 광경을 바라보고 난 후에 너와 헤어지면서, 우리가 만약 네 앞으로 조금 전에 지나갔다면 네가 어떻게 우리를 묘사할지 궁금해했다. 그리고 너의 꿰뚫어 보는 눈이 우리 각자를 한 유형의 구현으로 간파하지는 않을까 하는 생각에 몸을 떨었다.

너는 다른 사람들이 소설을 읽는 것처럼 사전을 읽곤 했다. 너는 각 표제어가 다른 항목에서 다시 나타나는 등장인물이라고 말했다. 복합적인 줄거리는 무작위로 읽는 과정에서 형성된다. 순서에 따라 이야기가 바뀐다. 사전은 소설보다 세상과 닮았는데, 세상은 행위의 일관적인 연속이 아니라 지각된 것들의 집합이기 때문이다. 우리는 세상을 관찰하고, 아무런 관련이 없는 사물들이 서로 모이고, 지리적인 근접성이 그들에게 의미를 부여한다. 사건들이 연속되면 우리는 그것이 이야기라고 생각한다. 하지만 사전에는 시간이 존재하지 않는다. 기역 니은 디귿은 니은 디귿 기역보다 더도 덜도 연대적이지 않다. 네 삶을 순서에 맞게 묘사하는 것은 무의미한 일일 것이다. 나는 너를 무작위로 기억한다. 주머니에서 구슬을 골라 꺼낼 때처럼, 내 머리는 예측 불가능한 세부 사항을 통해 너를 되살려 낸다.

이야기를 그다지 믿지 않던 너는 요점을 찾기 위해 띄엄띄엄 그것들을 들었다. 몸은 거기 있었지만 정신은 부재했고, 그러다 다시 나타나곤 했는데, 마치 깜박거리는 청중 같았다. 너는 말해진 것과 다른 순서로 증거를 재구성했다. 마치 삼차원적으로 사물을 바라볼 때처럼 시간을 인지했고, 동시에 그것의 모든 면을 보려고 그 주위를 돌았다. 너는 다른 사람들의 순간적인 빛을, 그들의 지난 세월이 어땠는지를 1초 만에 요약하는 사진을 찾으려고 했다. 너는 삶들을 시각적인 파노라마로 재구성했다. 너는 각 순간이 다른 순간들 옆에 오도록 시간을 압축해서 오래전에 일어난 일들을 가까이 붙여 두었다. 너는 시간을 공간으로 표현했다. 너는 다른 이의 알레프를 찾곤 했다.

이웃집의 개인 테니스 코트는 방치되어 있었다. 예전에는 1년에 열흘 정도만 사용될 뿐이었다. 잘 관리되지 않은 터라 네트는 가운데가 내려앉았고, 하얀 선은 까매졌고, 클레이 코트는 녹색 곰팡이가 피어나서 결국은 잊히고 말았다. 너는 녹이 슨 울타리로 둘러싸인, 어른들에 의해 방치되었지만 가끔 일요일에 아이들이 발견하곤 하는, 낡아빠진 운동복을 입은 유령들이 한낮에 활보하는 흉가에 가까운 저택의 공원 가장자리에 심긴 측백나무 사이로 이 테니스 코트를 바라보곤 했다. 그것은 스무 살 먹은 노숙자 혹은 얼굴을 다쳐 반절만 살아 있는, 그렇지만 여전히 아름다운 불구자처럼 너를 섬뜩하게 했다. 그곳에서 너는 네 자화상을 보긴 했지만, 너는 이 새로운 폐허를 돌아가지 않았다. 그 앞을 지나가는 것은 공허함을 따라 걷는 것과 같았다. 죽음의 메타포는 너를 불안하게 만들었지만, 너는 그 광경을 거부하지 않았다. 그것은 죽음의 기억 안에서 삶을 즐기기 위해 뛰어넘어야 할 역경이었다.

너는 네가 세상의 부적응자라고 느끼는 것에 놀라지는 않았지만, 세상이 이곳을 이방인처럼 사는 존재를 만들어 냈다는 것에는 놀라곤 했다. 식물이 자살하는가? 동물이 절망으로 죽는가? 그들은 기능하거나 사라질 뿐이다. 너는 어쩌면 진화의 우발적인 흔적인, 결함이 있는 고리였을 것이다. 디시 꽃이 피는 운명을 가지지 않은 일시적인 변칙.

너는 세부 사항을 잘 잊어버리곤 했다. 너는 사고가 나기 전 일어났던 일을 재구성하는 데 있어서 그다지 좋은 증인이 되지 못할 것이었다. 하지만 너는 너의 느린 속도와 부동성 덕분에 다른 사람들이 서두르고 세부 사항에 집착하느라 놓치는, 전체적인 움직임의 슬로모션을 볼 수 있었다. 너는 지방 소도시의 한 호텔 방 아래로 선 시장을 바라보며, 그곳을 거니는 군중이 주기적으로 부풀었다가 줄어들었다 하는 삼각형을 그리고 있음을 발견했다. 무의미한 관찰? 쓸모없는 지식? 너의 지성은 불필요한 주제도 소홀히 하지 않았다.

네가 행복하거나 걱정이 없을 때 거울을 보면 너는 누군가였다. 불행할 때의 너는 아무도 아니었다. 얼굴의 선들은 사라졌고, 네가 평상시에 '나'라고 이름 붙인 무언가를 알아볼 수는 있었지만, 너는 다른 누군가가 너를 바라보는 것을 봤다. 네 시선은 마치 네 얼굴이 공기로 만들어진 것처럼 그것을 관통했고, 앞으로 보이는 눈은 깊이를 알 수 없었다. 눈을 찡긋하거나 인상을 써서 표정을 자각하는 것은 아무런 도움도 되지 않았다. 알 수 없는 이유로 표정은 거짓돼 보였다. 너는 상상의 제삼자와 나누는 대화를 흉내 내며 연기를 했다. 너는 네가 점점 미쳐 가는 줄 알았지만, 상황의 우스꽝스러움 때문에 결국 웃고 말았다. 너는 코미디의 등장인물을 연기하면서 다시 존재했다. 타인을 연기하며 다시 너 자신이 되었다. 이제 네 눈은 깊이를 되찾았고, 거울 앞에서 너는 다시 네 이름을 모호하게 느끼는 일 없이 부를 수 있게 되었다.

너는 그것이 진실인지 거짓인지에 상관없이 쓰인 것

을 믿었다. 만약 그것이 거짓말이라면, 그 흔적은 언젠가 그것을 쓴 사람들에게 등을 돌릴 수 있는 증거가 될 것이었다. 진실은 그저 연기(延期)되었을 뿐이다. 게다가 거짓말쟁이들은 글보다는 말로 거짓말을 한다. 너에게 책에 쓰인 인생은 조사된 것이든 상상된 것이든 그와 상관없이 너 스스로 보고 듣는 것보다 현실적으로 느껴졌다. 네가 현실의 삶을 인식할 때, 너는 혼자였다. 그리고 그것을 다시 기억할 때면, 네 기억의 부정확함이 그것을 희미하게 만들었다. 하지만 책 안의 삶은 다른 이들이 상상한 것이었다. 네가 읽는 것은 너와 작가의 두 의식이 중첩된 것이었다. 너는 네가 인식하는 것들을 의심했지만, 다른 이들이 생각해 낸 것들은 의심하지 않았다. 너는 삶의 연속적인 흐름 안에서 실제 삶을 겪었지만, 네 속도로 허구적인 삶을 읽으며 그 흐름을 통제했다. 너는 그것을 멈출 수도, 속도를 올리거나 늦출 수도 있었다. 뒤로 돌아가거나 미래로 뛰어드는 것도 가능했다. 독자로서 너는 신의 능력을 가졌다. 시간은 너에게 복종했다. 하지만 말에 관해서는, 그것이 아무리 옳은 말일지라도 바람처럼 느껴졌다. 그것은 네 기억에 흔적을 남겼지만, 막상 기억하려고 하면 그것이 존재하는지를 의심하게 되었다. 너는 네 머릿속에서 말들이 뱉어진 대로 그것을 재구성했나, 아니면 네 방식대로 변조했나?

어느 날 저녁, 너는 친구들 집에 다른 사람들과 함께 초대를 받았고, 너에게 문을 열어 주면서 어떻게 지내냐고 묻는 친구의 말에, 너는 "잘 못 지내."라고 대답했다. 당황한 네 친구는 무슨 말을 해야 할지 몰랐다. 너는 현관에 서 있었고, 네가 초인종을 눌렀을 때 거실에 모인 손님들의 열정적이고 조급한 "와!" 하는 함성이 벽을 통해 들려왔다. 너와 네 친구는 네 고통에 대한 간단한 대화를 시작할 수 없었고, 그렇다고 거실에서 즐거운 시간을 보내려고 모인 친구들에게 하기에는 당황스러울 사실을 설명하지 않고 그들을 무작정 기다리게 할 수도 없었다. 너는 모임을 혼란스럽게 만들고 싶지는 않았지만, "잘 지내?"라는 간단한 질문에 답하면서 자신을 속일 수는 없었다. 너는 예의를 차리기보다는 솔직했다. 하라면 할 수도 있었겠지만 친한 친구에게 안위의 코미디를 연기하는 것은 어림없는 일이었다. 거실에 도착한 너는 네 첫 대답이 야기한 불편함을 반복하고 싶지 않았다. 네가 전부 알지 못하는 네 친구의 친구들에게 너는 친근함을 표시했다. 너는 네가 이방인처럼 느껴지는 이 분위기 속에서, 기쁨에 일조하지는 않지만, 적어도 무관심함으로 분위기를 깨지는 않는, 상황에 맞는 적절한 얼굴을 할 수 있다는 것에 놀랐다.

너의 고통은 해가 지면 진정되었다. 행복의 가능성은 겨울에는 다섯 시에, 여름에는 그보다 늦게 시작했다.

너는 네 기분이 주변 사람들이 알아채지 못하는 사이에 다양한 형태로 변할 수 있다는 것에 놀라고는 했다. 한번은 누군가에게 몇 달 전 그와 같이 저녁을 먹는 동안 네가 매우 우울했다고 고백한 적이 있었다. 그는 자신의 시한폭탄 같은 우둔함을 발견하고 아연실색했다. 너는 충실하게 한결같은 표정을 유지했다.

너는 너무나도 완벽주의자인 나머지 완벽주의를 완벽하게 실천하고 싶어 했다. 하지만 어떻게 완벽함에 다다랐는지를 판단할 것인가? 세부 사항을 또 하나 고치지 않을 이유는 무엇인가? 하지만 수정된 사항을 더는 어떻게도 판단할 수 없는, 가공할 순간이 찾아온다. 완벽한 것들에 대한 네 취향은 너를 광기로 몰아넣었다. 그러면 너는 기준을 잃고, 막연하고 흐릿한 환영 한가운데의 공백 안에서 계속했다. 너에게 시작하거나 계속하는 것은 어렵지 않았지만, 끝내는 것은, 즉 어느 날 더는 네 프로젝트가 계속될 수 없다고 결정하는 것은, 항상 괴로움을 동반했다. 더하는 것은 작업물이 개선되기보다는 개악되게 할 것이다. 가끔은 완벽함을 완벽하게 하는데 지친 너는 네 작업물을 파괴하거나 끝내지 않고 그저 포기해 버리고는 했다. 포기된, 불완전한 것들을 보는 것은 어쩌면 너를 안심시켰을 수도 있다. 창고에는 오래된 미완성 작품들만 있긴 했지만, 어쨌든 너는 작업을 계속했던 것이다. 하지만 이 광경은 너를 불안하게 만들기도 했다. 구체적인 너는 네가 만들어 낸 것들이 작동하는지를 보고 싶어 했다. 네 단축에 대한 감각은 네가 작업하던 작품들을 끝내는 대신 너 자신을 끝내게 했다.

너의 드럼 솜씨는 매우 훌륭했다. 너는 10대 때 레자톰(Les Atomes), 크리즈 17(Crise 17), 드래곤플라이

(Dragonfly) 등 세 록 밴드에 있었다. 너는 노래도 했고, 파티에서 혹은 부모들이 빌려준 지하실에서 친구들 몇 명을 앞에 두고 네가 가사를 쓴 곡을 밴드와 연주하기도 했다. 밴드는 네 친구들이 부모와 함께 고등학교나 그 도시를 떠나 다른 곳으로 가면서 갈라졌다. 너는 그곳에 머물렀고 밴드와 연주하는 것을 그만두었다. 너는 집의 지하실에서 큰 소리를 내는 앰프의 음악에 따라 합주하거나 혹은 몇 시간씩이나 솔로 곡을 연주하면서 연습을 계속했다. 연습을 마치고 나면 너는 오래 지속된 망아 상태일 때처럼 지쳐 있었지만, 동시에 흥분했다. 그로부터 몇 년이 지나고, 네가 스물두 살이 되었을 때, 드래곤플라이의 기타리스트였던 다미앵이 연락해 왔다. 그가 현재 속해 있는 밴드인 뤼시드 뤼신다(Lucide Lucinda)가 보르도에서 콘서트를 하는데, 사정이 생겨서 참석하지 못하는 드럼 연주자를 네가 대신할 수 있는지 묻는 목적이었다. 기차표를 예약하면서 너는 네가 몰랐던 도시를 보기 위해 3일을 더 머물기로 했다. 콘서트는 네가 도착한 저녁에 현재 아티스트가 된 밴드의 기타리스트가 참가하는 전시의 오프닝을 위해 한 현대미술 센터에서 열렸다. 미술과 음악을 좋아하는 젊은 사람들이 모였다. 리허설을 하면서 너는 밴드에서 연주하는 능력을 하나도 잃어버리지 않았음을 발견했다. 뤼시드 뤼신다의 음악은 밴드가 표방했던 1960년대 영국 록 음악처럼 단순하고 효과적이었다. 콘서트가 끝나고 너는 밴드 일원들과 그들의 친구들과 함께

전시를 관람했다. 너는 그 저녁에 플라스틱 생수병 조각을 조립해 만든 기관 혹은 돌 모양의 거대한 조각을 전시하던 키가 크고 마른 금발의 폴란드 출신 예술가와 한동안 시간을 보냈다. 너는 그의 매우 가는 손가락을 보고 그것을 가지고 어떻게 이런 기념비적인 작품을 만들었는지 놀랐다. 손의 윗부분은 온전했지만, 그가 조각의 세부 사항을 보여 주려고 손을 들었을 때 손바닥 안쪽과 손가락 두 개에 난 흉터가 보였다. 시간이 오래 걸리고 인내심을 요구하는 그의 조립 작업은 작은 조각들의 축적을 통해 거대한 사물을 만들어 내는 데 성공했다. 너는 그 사실과 네가 혼자서 곡을 연주하는 시간 사이에서 유사점을 찾았다. 너는 지하실의 고독 안으로 사라지고 마는 소리를 만들기 위해 그곳에서 몇 시간이고 보냈고, 너는 너의 유일한 청중이었다. 그는 구축했고 너는 흩어졌다. 모임은 시내의 여러 바와 일본풍 하이테크로 꾸며진 나이트클럽으로 이어졌고, 너는 그곳에서 칵테일을 마시며 사람들이 춤추는 것을 바라봤다. 다음 날 너는 누군가 예약해 둔 2성급 호텔 방에서 깨어났다. 벽지는 노란색이었고, 감청색 카펫은 저렴한 호텔 체인의 로고를 딴 모티프로 장식되어 있었다. 창문은 해가 폭력적으로 비치는, 좁고 하얀 마당으로 나 있었다. 이 익명의 공간의 침묵은 너를 막연한 불안에 빠트렸다. 너는 이 도시에 대해 별로 찾아보지 않았기 때문에 거의 아무것도 몰랐다. 너는 모르는 사람들에게 이리저리 방문해야 할 장소에 관해 물으면서 발이 가는 대로 돌아다니려고 했다. 거울을 보고 면도를 하던 너는 낯선 사람을 보는 듯한 착각에 빠졌다. 네 얼굴은 그대로였지만 그 주위를 둘러싼 것들은 너에게 익숙지 않았고, 이 상황의 부조리함은 네가 다른 사람이라고 생각하게 했다. 그때 전화벨이 울리지 않았다면 너는 너 자신에 대한 연민 때문에 울었을지도 모른다. 전화할 만할 사람이 누구인가. 너는 수화기를 들었다. 상대방은 너의 소식을 궁금해하는 너의 아내였다. 너를 안심시켜야 할 그의 목소리는 오히려 멀리서 네 고독을 한결 짙게 만들었다. 너는 그에게 콘서트가 잘 끝났다고 말했고, 앞으로 이틀 동안 도시를 발견할 생각에 열정적인 척을 했다. 전화를 끊고 호텔을 나가려고 준비하던 중에 다시 전화가 울렸다. 다미앵이 비스카로스 해변에서 열리는 테크노 음악 페스티벌에 같이 가자고 전화한 것이었다. 너는 다미앵과 그의 밴드 일원들을 핑계 삼아 그곳에 가는 것에 조금 끌렸다. 하지만 시끄러운 음악 속에서 수백 명의 모르는 사람들과 어울린다는 생각이 마음에 들지 않았기에 도시를 구경하기로 했다. 다미앵은 실망했지만, 도시에서 방문해야 할 장소를 몇 군데 알려 주었다. 너는 망설이는 것이 결정하는 것보다 너를 더 고통스럽게 만든다는 것을 알았기 때문에 전화를 끊으면서 이 결정을 후회하지 않았다. 너는 지도를 손에 들고 거리로 나갔다. 너는 구시가지의 중심에 있었다. 너는 100여 미터가량 펼쳐진 널찍한 인도를 걸었다. 옷 가게, 케이크 가게, 계속되는 온갖 종류의 가게를 바라봤다. 이 상업 중심가에서 너는 어떤 것에도 놀라지 않았다. 너는 우체국이 있는 작은 광장에 들어섰다. 벤치에는 노인들이 무기력하게 앉아 있었다. 자기 물건들이 담긴 슈퍼 비닐봉지를 허리띠에 묶은 50대 남자가 걸음의 박자에 맞춰 어깨를 차례로 들어 올리며 배회하고 있었다. 그는 검지로 보이지 않는 것들을 가리켰고, 알아들을 수 없는 말을 중얼거렸다. 너 말고는 아무도 그에게 주의를 기울이지 않았다. 너는 그가 이 동네에 살고, 이 광장은 그의 거실이라고 결론 내렸다. 다른 노숙자 몇 명도 바닥에 앉아 있거나 혹은 서서, 알 수 없는 무언가를 기다리면서 움직이지 않고 서성거렸다. 그들은 서로에게 무관심했고, 행인들도 그들을 무시했다. 그들은 보이지 않는 사람들이 되었다. 너는 네가 어디 있는지 보려고 거리의 표지판으로 다가갔다. 표지판은 아이러니하게도 이곳이 '생프로제 광장'*이라고 가리키고 있었다. 너는 생앙드레 대성당으로 발걸음을 옮겼다. 고딕 양식의 거대한 건물은 너에게 깊은 인상을 주었지만, 안으로 들어가자마자 어둠과 추위가 바로 너를 불편하게 만들었다. 가이드를 따라다니는 관광객 몇 명 외에, 앉거나 무릎을 꿇고 기도하는 나이 든 여자들만 찾아볼 수 있었다. 코팅되어 입구 문에 걸려 있던 안내문에 나온 그림들은 성당에 빛이 부족해 잘 보이지 않았다. 너는 그곳을 나와서 시청을 따라

* '프로제(projet)'는 '계획, 프로젝트'라는 뜻이다.

걸은 다음 미술관 방향으로 걸었다. 인부들이 건물을 재단장하면서 앞면의 석재를 매끈하게 만들고 있었다. 너는 입구에 인접한 잔디밭으로 불어온 먼지 섞인 바람을 맞으며 그 안으로 들어갔다. 그곳에서 찾아볼 수 있는 인간 존재라고는 경비원 두 명과 안내원 한 명뿐이었다. 너는 이탈리아, 프랑스, 영국, 플랑드르와 독일 학파들의 오래된 그림들이 이어진 전시장을 돌아다녔다. 뛰어난 몇몇 작품에도 불구하고 너는 산만하게 그림을 바라봤다. 다른 도시에서 이미 똑같은 미술관을 수십 번이나 본 것 같은 인상을 받았다. 종교적이고 신화적인 그림은 너를 모두가 알고, 놀랄 것이 없는 과거로 여행하게 했다. 너는 지방의 미술관에서 지역의 가장 특이한 그림들을 찾아보고는 했는데, 그 독창성은 주로 사소한 주제나 서투른 기교에서 비롯된 것이었다. 하지만 여기서는 가론 강둑의 기념비적인 파노라마를 제외하면 이런 종류의 그림은 거의 찾아볼 수 없었다. 가론 강둑 그림에는 몇 킬로미터에 걸쳐 펼쳐진 상업과 해양 활동이 수많은 세부 사항과 함께 담겨 있었다. 그려진 공간에 비해 작아 보이는 수십 명의 사람은 특정한 사회계층을 나타내며, 장면을 생동감 있게 만들었다. 따뜻한 빛으로 이상화된 도시는 너에게 완전히 다른 도시처럼 보였다. 어쩌면 너에게는 도시 풍경을 감상하기 위해서 이미지의 중재가 필요했을지도 모른다. 너는 한 시간 동안 머물면서 장면들의 세부 사항을 살폈고, 건축물을 관찰했고, 200년 전에 그려진, 그리고 오늘날 네 마음대로 시나리오를 재구성할 수 있는 영화 안으로 빠져들었다. 그러다 등 뒤에서 들린 발걸음 소리가 생각에 잠긴 너를 깨웠다. 지루해하던 경비원이 거리를 두고 너를 지켜보고 있었다. 너는 1분 만에 관람을 끝냈다. 파노라마에 몰두했던 너는 너를 둘러싼 18세기의 초상화들을 뛰어난 작품성에도 불구하고 주의 깊게 살펴볼 수가 없었다. 너는 토머스 로런스가 그린 존 헌터의 초상화조차도 그냥 지나쳤다. 너의 발소리가 다른 관람객이 한 명도 없는 넓은 갤러리에 울려 퍼졌다. 너는 하얀 먼지구름을 헤치고 미술관을 나와, 부르주아적이고 우아한 거주 구역의 쭉 뻗은 길로 들어섰다. 너는 네가 다시 보지 못할 건물의 안을 훑으며 주위를 바라봤다. 길을 따라 늘어선 식당들의 테라스에는 정장 차림의 사무직원, 여행객과 노인 들이 앉아 있었다. 너는 배가 고팠지만, 식당에서 혼자 식사를 하고 싶지는 않았다. 너는 빵집에서 샌드위치를 하나 사서 작은 공원 건너편의 길가 모퉁이에서 행인을 관찰하며 먹는 편을 선호할 것이었다. 젊은 여자 한 명이 너를 보고 담배 한 개비만 달라고 부탁했다. 너는 두 개비를 줬고, 그는 놀라서 너를 쳐다보고 과장되게 고마움을 표했다. 너는 지도에서 다미앵이 알려 준 사진 갤러리의 위치를 살펴봤다. 그곳은 도시의 다른 편에 있었다. 거리를 따져 보니 그곳에 도착하려면 적어도 한 시간이 필요했다. 너는 긴장이 풀린 상태로 구시가지를 다시 가로질렀다. 산책의 목적지가 있다는 것은 너를 안심시켰다. 너는 가론

강을 따라 걸었다. 강둑은 전찻길을 내느라 공사 중이었다. 공사는 도로와 인도를 헤집어 놓았고, 너는 울타리를 돌아서, 모래가 쌓인 언덕을 가로지르고, 길가에 패인 구덩이들을 피해야 했다. 황폐해진 옛 창고들의 앞면은 공사가 진행됨에 따라 보수되고 있었다. 너는 도시의 오래되고 아름다운, 하지만 변하지 않고 굳어진 구역보다 변화 중인 이 구역에 더 관심을 가졌다. 너는 그곳에 도래할 삶을 상상했다. 도시경관은 이전의 모습이 아니라 곧 도래할 모습으로 존재했다. 너는 네가 가로질렀던 현재 도시보다 미술관의 파노라마가 보여 줬던 과거의 도시나 네가 본 것들로부터 네가 상상해 건설한 미래의 도시를 선호했다. 사진 갤러리는 컨테이너와 옮겨 실는 구성품들로 둘러싸인 산업용 창고들 한가운데 위치한 항구 근처에 있었다. 너는 몇 개의 창고를 따라 걷다가 위로 난 커다란 창으로 빛이 들어오는, 하얗고 회색인 넓은 공간 안으로 들어갔다. '도시의 신구역'이라는 전시는 유럽의 영토를 담은 사진작가 열 명의 작업을 소개하고 있었다. 사진들이 어디서 찍혔는지를 나타내는 단서는 거의 없었다. 경관은 익명의 공간, 빈번히 도시와 시골 사이의 경계에 위치한, 현대적인 도시 교외의 산업적 혹은 상업적 구역을 보여 주고 있었다. 사람은 한 명도 볼 수 없었다. 도로를 주행하는 자동차들을 통해 사람의 존재를 추측할 뿐이었다. 커다란 크기로 인쇄된 컬러사진은 그것들이 보여 주고 있는 공간만큼이나 익명에 의한 방식으로 나란히 전시

되어 있었다. 사진작가를 구별하기는 어려웠다. 액자는 정면을 향해 걸려 있었고, 사진 색상은 단조로웠고, 인쇄는 공들인 듯했다. 너는 네 앞에 보이는 이 비(非)공간을 원하는지 대답할 수 없었다. 사진작가들은 이 주제를 아름답게 혹은 극적으로 만들려고 하지 않았다. 그들의 중립적인 문체는 그들이 보여 주는 건물들을 닮았다. 그곳에서는 삶이 빠져나간 것 같았다. 너는 그들의 시선이 적절하다고 느껴졌다. 누가 이 척박하고 거대하고 텅 빈 곳에 살고 싶어 할 수 있단 말인가? 갤러리를 나오면서 너는 이 항구 구역 역시 전시될 만하다고 생각했다. 하지만 바람, 삶의 소음, 사람들과 차량의 통행이 이곳에 활력을 불어넣고, 이곳을 사람이 살 수 있는 곳으로 만들었다. 그렇다면 바로 삶을 꼼짝 못 하게 한 채 그 존재를 지워 버린 것은 바로 사진일까? 저녁 여섯 시가 되었다. 박물관, 갤러리 그리고 기념관이 닫혔다. 너는 도시에서 다시 혼자가 되었고, 길을 걸으며 건축물을, 상점을, 식당을 바라보는 것 외에는 할 것이 없었다. 너는 도시경관을 반대의 시선으로 바라보기 위해 왔던 길을 되돌아갔다. 너는 몇 시간 전에 봤던 기억에 없는 건물을 셌다. 수십 채의 건물이 있었다. 너는 기억이 모든 것을 기록하지만, 변덕으로 인해 일정 부분만 재구성한다는 가설을 더는 믿지 않았다. 인접해 있는 두 길 사이에는 아홉 채의 건물이 있었다. 오직 세 채의 건물만 너에게 익숙했다. 그 건물에는 눈에 띄는 디테일이 있었다. 그중 한 건물의, 차가 드나들 수 있는 문은 파란색으로 칠해진 사자 머리가 장식되어 있었다. 다른 건물의 지상층에는 PMU*가 있었고, 마지막 건물의 최근에 설치된 듯한 창문은 녹색 비닐 막으로 덮여 있었다. 다른 건물들에는 두 채만 빼면 구별될 만한 어떠한 표시도 없었다. 그중 한 채에는 '샤를 드레퓌스, 정신분석가'라고 적힌 황금색 명패가 달려 있었고, 다른 건물에는 호흡기, 작살 총, 전자 램프, 손목시계, 호흡관, 구명대, 칼과 추로 이뤄진 수중 세계 한가운데서 부유하는, 노란색과 검은색 잠수복을 입고 마스크와 오리발을 장착한 두 명의 잠수부가 쇼윈도에 전시된 스쿠버다이빙 장비 판매소가 있었다. 너는 행인들에게 내밀한 공간임을 알리는 이 글자가, 혹은 이 번쩍거리고 우스꽝스러운 쇼윈도가 어떻게 네 주의를 끌지 못했는지 자문했다. 너는 가론강을 향해 길의 건너편을 보고 있었을까, 아니면 생각에 혹은 걸음의 공허함에 잠겨 있었을까? 너는 네 기억력이 형편없다고 생각하는 대신에 설명을 찾으려고 했다. 반대 방향으로 같은 길을 걷는 것은 몇 시간 전에 네가 왔던 길에서 봤던 것들이 이제는 단편적으로밖에 남아 있지 않음을 확인하게 했다. 너는 대부분의 세부 사항이 낯설게 느껴지는 정경 한가운데로 나아갔다. 커다란 극장에 도착하고 나서는, 세 번째로 이곳을 지나간다면 이곳을 더 잘 기억하는지 확인하려고 발걸음을 돌리려 했다. 하지만 너는

* 장외 마권 판매소로 보통 담배와 커피 등의 간단한 음료도 판매한다.

배가 고팠다. 너는 고풍스러운 목조와 오래된 대리석 테이블로 꾸며진 식당으로 들어갔다. 종업원들이 식사를 위한 테이블보를 깔고 있는 동안 몇몇 나이 든 단골들이 식전주를 마시고 있었다. 네가 혼자 저녁 시간을 보내기에는 이 장소가 너무 우울하다고 생각하는 순간에 그중 한 종업원이 "저녁 식사 하시려고요?"라고 물어 왔다. 너는 아는 사람을 찾는다고 대답했고, 식당을 한 바퀴 둘러본 후 그곳을 떠났다. 너는 좀 더 격식 없는 식당을 찾아 한 시간 동안 배회했다. 네가 인도만 나 있는 막다른 골목에서 타파스를 파는, 부드러운 조명의 세련된 와인 바를 발견했을 때는 해가 진 다음이었다. 그곳은 훈훈했다. 느린 템포의 전자음악이 편안한 분위기를 만들었고, 바에서는 젊은이들이 서른 명 남짓 이야기를 나누고 있었다. 낮은 테이블 주위로는 여러 명으로 이뤄진 그룹이 앉아 있었다. 너는 바의 손님들과 동시에 행인들을 관찰할 수 있도록 유리창이 있는 테라스 귀퉁이에 자리를 잡았다. 하지만 골목에는 이 바에 드나드는 손님들을 빼면 아무도 없었다. 너는 오징어, 햄, 고추, 초리소와 절인 돼지고기를 레드 와인 반병과 함께 주문했다. 네가 음식의 반 정도를 들었을 때, 전날 저녁을 같이 보냈던 폴란드 예술가가 친구들을 만나러 도착했다. 그는 너를 보지 못하고 친구들 쪽으로 향했다. 너는 그를 붙잡을까 고민했지만, 이 도시를 떠난 후 다시 보지 못할 새로운 사람들을 만나고 싶은 마음이 없었다. 하지만 혼자 있으면서, 특히 계속 그쪽을 쳐다봐야 하는 상황에 놓여 있다면, 인사를 하지 않는 것은 말이 안 되게 느껴졌다. 그는 네 방향으로 몸을 돌렸고, 너를 알아보고 커다란 미소를 지었다. 너는 미소로 답했지만, 어쩌면 그가 자기를 무시했다고 생각할까 봐 마음이 불편했다. 네 자리에서는 그를 보지 않을 수가 없었다. 너와 그는 각자 상대 쪽으로 가서 인사를 할지 망설였다. 시선이 계속 교차했고, 그 시간은 영원하게 느껴졌다. 결국 네가 일어나서 그쪽으로 다가갔다. 간단한 소개를 마친 후, 너는 그에게 친구들 말고 혼자 네 자리로 합석하면 어떻겠냐고 제안했다. 그는 네 제안의 무례함에도 불구하고 그것을 받아들였다. 너는 그에게 폴란드에서의 삶과, 그 가족과 예술에 대해 질문했다. 그는 길고 상세하게 대답했지만, 그가 너에게 질문을 던지자 너는 더 많은 질문을 하며 대답을 회피했다. 너는 너에 대해 말하고 싶지 않았지만, 그가 자기에 대해서 말하는 것이라면 몇 시간이라도 들을 수 있을 터였다. 너는 네가 그를 유혹하고 있는지, 그리고 그가 그렇게 생각하는지 자문했다. 그의 친구들이 떠나고 그가 네가 묵고 있는 호텔까지 배웅한다면 너는 어떻게 할 것인가? 너는 네 아내에게 충실했지만, 그건 네가 살고 있던 도시에서는 그를 배신할 어떤 기회도 없었기 때문이 아닐까? 너는 네 집에서 멀리 떨어진 곳에서 네가 스쳐 간 여자들과 관계를 맺을 수 있었을 기회들을 기억했다. 너는 그 유혹에 굴복한 적이 한 번도 없었다. 그날 저녁, 여자가 다른 곳에서 한잔하자고 제안했을 때, 너는 그의 친구들이 소리 없이 떠났음을 알아차렸고, 호텔로 돌아가기로 했다. 그가 너를 바래다주었다. 호텔 입구에 도착했을 때 너와 그는 아무 말도 하지 않았다. 둘은 말없이 서서 서로를 바라봤다. 그가 천천히 다가왔고 너는 이만 자러 가야겠다고 말했다. 그는 너에게 미소 지었고, 너는 그의 연락처를 받은 다음 그와 헤어졌다. 호텔 방에서 너는 아무것도 후회하지 않았고, 돌아가는 날까지 남은 시간을 때우면서 하루를 보냈다는 느낌에도 불구하고 잠자리에 들었다. 그다음 날 너는 이 공허한 느낌 때문에 잠에서 깼다. 너는 일어나서 커튼을 열고 면도를 하고 씻는, 어제와 같은 행동을 했다. 너는 식당으로 내려가 아침 식사를 했다. 식당은 비어 있었다. 거의 열 시가 되어가고 있었다. 너는 전날의 지방신문을 건성건성 읽었다. 다시 방으로 올라간 너는 방금 읽었던 정보들을 거의 기억하지 못했다. 너는 외출해서 발걸음이 닿는 대로 다녔다. 하지만 발걸음은 네가 전날 배회했던 장소들로 자연스럽게 너를 데려갔다. 그 장소들은 더는 새로운 매력을 가지고 있지 않았기 때문에, 너는 바라보는 것들에 주의를 덜 기울였다. 너는 무엇이 나타나든 간에 그 매력에 이끌려 길을 선택하지 않으려고, 오른쪽의 첫 번째 길과 왼쪽의 두 번째 길, 오른쪽의 첫 번째 길과 왼쪽의 두 번째 길을 예외 없이 반복해서 택하면서 걷기로 했다. 너는 우연에 너를 맡기고 지도는 가끔만 보면서 하루를 보냈다. 너는 도심에서 5킬로미터 떨어진 서민적인 동네의 작은 공원 근처 카페에서 점심을 먹었다. 너는 행인들을 바라봤고 시간을 때우기 위해 통계를 냈다. 너는 여자, 남자와 어린이의 숫자를 셌다. 너는 나이, 혹은 예측할 수 있는 직업, 또는 옷이 나타내는 그들의 취향이나 걸음걸이의 우스꽝스러움 같은 주관적인 기준을 가지고 그들을 분류했다. 너는 그렇게 카페테라스에서 두 시간을 머물렀다. 다시 이 '통계'를 살펴본 너는 그것의 무의미함에 머리를 한 대 얻어맞은 기분이 들었다. 아무에게도, 너에게조차도 쓸모없는 이 조사의 의미는 무엇이란 말인가? 너는 종이를 찢어서 배수로에 버렸다. 세 시였다. 아무렇게나 걷는 대신, 시내 중심가 방향으로 가장 빠른 길을 선택해 걸었다. 호텔 근처에 도착했을 때는 저녁을 먹기에는 너무 이른 시간이었다. 너는 네가 본 것들이 이제는 기억 속에 자리 잡았는지 확인해 보려고 전날 갔던 길을 다시 걷기로 했다. 너는 지도를 보지 않았고, 방향을 바꿀 때는 단 한 번도 주저하지 않았다. 너는 길의 간판, 인도, 공사장의 같은 세부 사항을 알아봤다. 오직 행인들만이 이 광경의 단조로움을 깨트렸다. 너는 네 몸이 점점 지쳐 가는 것을 느꼈다. 도시 산책은 예상 못 한 육체적 활동으로 변했다. 다시 출발점으로 돌아온 너는 시간관념을 잃었다. 너는 손목시계를 봤고, 그동안 네 시간이 지나 있어 깜짝 놀랐다. 너는 처음 발견하는 식당에서 저녁을 먹기로 결심했다. 그곳은 우아하게 장식된, 부르주아적인 전통 요리를 선보이는 식당인 클로 생비비앵이었다. 너는 메뉴판 목록에 있는 첫 번째 요리들을 골랐다. 망고 잼이 곁들여진 푸아그라, 구운 감자를 곁들인 보르드레즈 소스 스테이크, 산딸기 케이크. 조용한 분위기는 편안했지만, 다른 손님들이 식당을 떠나고 나자 서비스를 위해 너를 지켜보던 종업원들의 집중된 관심이 버겁게 느껴졌다. 마지막 커플이 일어나기 전에 너는 계산을 하고 식당을 떠났다. 열두 시 반이었다. 호텔로 돌아간 너는 지난 이틀에 대한 메모를 남겼다. 네가 본 것과 한 것, 생각한 것 들을 묘사했다. 너는 공허한 장소를 여행했다고 믿었지만, 이 글을 쓰는 것은 너를 새벽 다섯 시까지 깨어 있게 했다. 다음 날 집으로 가는 기차에서 이 글을 다시 읽었을 때, 너는 귀퉁이에 여러 메모를 덧붙였다. 그리고 네 아내가 그 도시에서 무엇을 했냐고 물어봤을 때, 너는 셀 수 없는 세부 사항과 함께 글에 적힌 것을 들려주느라 저녁 시간을 다 보냈다. 너는 시간을 죽이기 위해 혼자 배회했던 이 도시에서 나태함을 느꼈다. 하지만 네가 맞닥뜨렸다고 생각했던 이 공허는 환상이었다. 너는 이 순간들을 더 강렬한 감각으로 채웠고, 아무도 아무것도 그것으로부터 너의 주의를 돌릴 수는 없었다.

너는 다른 사람들을 향해서는 생각하지도 않은 폭력을 너 자신에게 행사했다. 그들을 위해서는 인내와 관용을 아끼지 않았다.

너는 재미로 네 이름을 가지고 다른 신분을 만들기 위해 행정 서류 칸에 잘못 체크했다. 너는 '출산휴가 중입

니다'에 '네'라고 대답한 적이 있고, '자녀 수'에 '3'이라고 쓴 적이 있고, '국적'에 '오스트레일리아'라고 적은 적이 있다.

너는 아름다운 음악은 슬프고 슬픈 건축은 추하다고 생각했다.

너는 다양한 친구를 사귀려고 노력하지 않았다. 너는 길가에 있는 커다란 돌처럼 예측할 수 있었고 든든했다. 너는 한 칵테일파티에서 네 사촌이 오랜 친구에게 등이 자주 아프다고 불평한 다음, 15분 뒤 다른 친구에게 몇 년 동안 이렇게 컨디션이 좋았던 적은 없었다고 흥분해서 말하는 것을 들었다고 미소를 지으며 말했다. 무슨 논리가 이 남자를 이렇게 행동하게 했나? 자아 망각? 무의식적인 모순? 계산된 거짓말?

'길고 어두운 노래(Un long chant noir)'라는 문구가 너의 의식 속에 예기치 못하게 떠올랐다. 이를 어디에서 들었을까? 너는 아무런 기억도 나지 않았다. 기원에 대한 부재는 이 문구의 유령 같은 측면을 더 부각했다.

너는 일상을 기록하는 강박적인 취미를 가진 파리의 한 기업가 이야기를 듣고 놀라워했다. 그는 편지, 초대장, 기차표, 버스표, 지하철표, 비행기표나 배표, 계약서, 호텔 고지서, 식당 메뉴, 방문한 나라의 관광 안내서, 공연 프로그램, 스케줄 수첩, 메모장, 사진 등을 보관했다. 그의 집에서 파일로 가득 찬 한 방은 계속 늘어나는 그의 기록물의 수용 장소로 쓰였다. 그 방 한가운데에는 나선형으로 이어진, 연대기가 표시된 원형 탁자가 각각 다른 색깔로 파리, 프랑스 혹은 외국, 대륙, 바다, 달과 날을 나타내고 있었다. 그는 한눈에 그의 존재를 시각화할 수 있었다. 그는 그 자신을 수집했다.

기능을 모르지만 노력한다면 이해할 수 있을 사물 앞에서, 너는 아름다운 풍경을 즐길 때처럼 그저 사색과 구경의 단계에 머물러 있는 편을 선호했다. 너에게는 그것을 멀리서 바라보는 것만으로도 충분했고, 그곳을 산책하는 것은 딱히 필수적인 일이 아니었다. 배에서 섬을 바라보는 것은 그곳의 땅을 밟는 것보다 나을 수 있다.

너는 네 무덤을 디자인하려는 계획을 가지고 있었다. 너는 네가 가장 오래 머물 거주지를 선택하는 임무를 다른 사람들의 손에 맡기고 싶지 않았다. 네 무덤은 검은색 유광의 납작한 대리석으로, 아무런 장식도 없을 것이다. 그 앞에는 네 이름과 출생일, 그리고 네가 여든다섯이 되는 해에 죽은 날짜가 새겨진 묘석이 있을 것이다. 너는 가족 공동묘지에서가 아니라, 혼자서 묻힐 것이다. 이 날짜들은 네가 살아 있는 동안에 새겨질 것이다.

너는 묘지를 방문한 사람들이 몇십 년 후의 미래에 예정된 사망일을 보면서 보일 반응을 상상했다.

네 죽음 전에는, 미래로 예정된 이 날짜가 무덤을 짓궂은 장난으로 만들거나 으스스한 예언으로 보이게 할 것이다. 만약 네가 이 예정된 날 전에 죽는다면, 쓰인 날짜를 네가 진짜로 죽은 날로 바꿔서 너를 묻을 수 있을 것이지만, 이 거짓말이 중단되면서 너의 무덤은 평범해질 것이다. 혹은 이 비문을 바꾸지 않고 너를 묻을 수도 있을 것이다. 방문객들은 이를 농담이라고 생각하고 진짜 죽은 사람이 있는 이 무덤 앞에서 웃을 것이다. 묘석은 이 장난을 네가 85세 되는 날까지 칠 수 있을 것이다. 그 이후에는 방문객들이 너의 엉뚱함을 알아보는 일이 없을 것이다. 누가 이 비문이 거짓말이라고, 무덤에 있는 사람이 적힌 날짜에 죽지 않았다고 상상할 수 있단 말인가?

혹은 네가 예상한 해에, 85세의 나이로 죽을 수도 있다. 자연사한다면 너의 죽음이 너의 예상을 실현하는 셈이기 때문에, 이는 믿을 수 없는 일이 될 것이다. 혹은 네가 대리석에 새겨진 선서를 지키기 위해 자살을 할 수도 있다. 그러면 너는 묘석에 쓰인 비문을 아무것도 바꾸지 않고 묻힐 수 있을 것이다.

만약 네가 85세를 넘기고 살아 있다면 묘지를 지나가며 날짜를 본 사람들은 네가 살아 있음에도 불구하고 죽었다고 믿을 것이다. 그리고 언젠가 네가 진짜로 죽을 날이 올 것이다. 만약 비문을 바꾸지 않는다면, 비문 때문에 더 젊어진 네가 묘지에 묻히게 될 것이다. 네가 결국 네 사망일에 묘석의 날짜를 일치시키려고 결심하지 않는 한에는. 혹은 네 사망일이 항상 예상될 수 있지만 한 번도 적중되지는 못하도록, 유언으로 사망일을 계속 뒤로 미루라고 지시하지 않는 한에는 말이다.

네 자살은 이 복잡한 가정들에 마침표를 찍었지만, 네 계획을 알았던 너의 아내는 네가 남겨 둔 스케치를 따라 묘지를 만들었다. 그는 묘석에 너의 출생일과 사망일을 새겼다. 85년이 아니라 25년이라는 세월이 그 둘을 갈라 두고 있었다. 너 말고는 아무도 네 죽음을 가지고 농담할 생각이 들지 않았다.

너에게는 새로운 사람들을 일대일로 만나는 것이 쉬웠던 만큼, 무리 지어 있는 사람들을 만나는 것이 어려웠다. 하루는 네가 사는 곳에서 몇 킬로미터 떨어진 나의 부모님 집에서 점심을 먹자고 너를 초대했다. 원래는 우리 둘만 만났어야 했지만, 오전 끝 무렵에 친구들 몇 명이 갑자기 나를 찾아왔고, 나는 그들에게 같이 식사하자고 제안했다. 우리가 햇볕을 받으며 식전주를 마시고 있는 동안, 네가 집의 모퉁이에 나타났고, 두 명이 아니라 여섯 명을 위해 차려진 식탁을 발견했다. 네 얼굴은 순식간에 일그러졌다. 그 얼굴은 내가 너의 당황스러움을 눈치챘음을 네가 보고 나서야 원래대로 돌아왔다. 너는 나에게 감정을 숨기려고 하지는 않았지만, 내 친구들을 불편하게 만드는 무례함은 피하려고 했다. 나는 네가 다시 보지 않을 사람들과 대화하며 여기 머무는 것보다, 왔던 길을 돌아 집으로 가는 편을 선호한다는 것을 알았다. 그들은 서로를 잘 알았다. 너는 대화의 음량, 목소리의 생동감, 서로에게 던지는 시선을 통해 이 우정이 얼마나 오래되었는지 한순간에 파악할 수 있었다. 너는 오래전에 너와 상관없이 이미 구성된 이 무리보다는, 아직 서로 알아 가는 사이인 낯선 집단에 합류하는 편이 더 낫다고 생각했을 것이다. 하지만 너는 머물려고 노력했다. 너는 다른 사람들에게서 거리를 둔 채 밤나무 근처에서, 이후에는 삼나무 아래에서 오후 내내 같은 여자와 이야기를 나눴다. 둘 다 서로에게 호감이 있었지만, 너는 그와 동시에 알게 된 집단에게서 그를 떼어 낼 수 없었다. 다른 이들의 그림자가 그 위로 졌다. 너는 그를 다시 볼 때 다른 친구들의 흔적을 지우지 못할까 봐 걱정했다. 너는 겉도는 사람이 되기를 거부했다. 이 무리가 아무리 너를 환영한다고 해도 너는 후발 주자로 남을 것이었다. 너는 이미 구축된 우정에 이방인으로서 합류하기보다는 네 눈앞에서 구축되는 우정을 선호했다. 너는 이 후자의 우정이 태어나고 자라는 것을 봤다. 무슨 특별한 관심이 서로를 엮을지 예상할 수는 없지만, 너는 모두가 동시에 시작함으로써 미래 앞에서 평등하다는 것을 알고 있었다. 날이 저물 때쯤, 너는 내 친구들의 공통된 과거가 너를 계속 배제하고 있음을 이해했다. 너는 주변에 머물러야 하느니 차라리 집단에 가까이 가지 않기를 선호했다.

너는 그랑제콜 입학시험의 작문 시험에서 높은 점수를 받았다. 입학시험의 구술 부분인 일반교양 시험에서 "자기 죽음을 경험하는 것을 두려워해야 하는가?"에 대한 발표 준비를 위해 30분의 시간이 주어졌다. 너는 이 역설적인 표현 앞에서 머리가 하얘졌다. 죽음을 경험할 수 있는가? 그렇다고 질문이 암시하고 있었는데, 그것을 두려워해야 하는지를 묻고 있었기 때문이다. 너는 스무 살이었다. 그때까지만 해도 너는 죽음이라는 것은 다른 사람에게 일어나는 현상이며, 만약 너에게 죽음이 찾아온다고 해도 그것에 대한 특별한 의식 없이 죽게 될 것이라고만 생각해 왔다. 죽음을 경험한다는 것은 떠난다는 느낌 없이 그것을 갑작스럽게 겪는 것이 아니라, 죽음이 찾아오는 것을 바라보고 맞이한다는 것인가? 불가피한 것 앞에서 자유의지를 확인하기 위해 그것을 예상하고 선택하는 것인가? 이러한 질문들이 머릿속에서 서로 충돌했고, 너는 하얀 종이에다 질서 없는 메모를 해 나갔다. 그 메모 중에는 나중에 네가 나에게 인용한 문구가 있었다. "죽음은 알려진 것이 아무것도 없는 나라다. 아무도 그곳에서 돌아와 그 나라를 묘사하지 않았다." 이 주제는 네가 거리를 두고 생각하기에는 너무나도 중요하게 느껴졌다. 생각들을 정리할 새도 없이 30분이 흘렀다. 너는 책상 뒤에 앉아서 차갑게 너를 맞이하는 두 시험관이 있는 방으로 들어갔다. 너는 자리를 잡은 다음에 무질서하게 보이는, 네가 적어 놓은 생각을 열거하기 시작했다. 너는 상대방의 얼굴에서 실망의 기색을 읽었다고 믿었다. 단어가 마치 다른 사람이 그것들을 발음하듯이 네 입에서 기계적으로 나오는 동안, 그들은 침묵을 지키고 있었다. 너는 네 생각의 굴곡을 큰 소리로 읽었다. 그중 한 남자가 네 확언에 대해 의아한 기색으로 물었다. "삶과 죽음 사이의 관계는 생명의 부재와 탄생 사이의 관계와 같은가?" 긴 침묵이 이어졌다. 너는 마치 죽음의 화신이 너에게 말을 건 것처럼 얼어붙은 채 아무 말도 하지 않았다. 죽음은 시험관의 모습을 띤 것이 아니고, 그들과 네 사이에서 방을 배회하고 있었다. 너는 시험이 끝나기를 기다렸다. 시험에 합격하는 것은 너에게 더는 중요하지 않았다. 시험장을 나가면서 너는 네가 떨어졌다고 확신했지만, 시험에 응시한 것 자체는 후회하지 않았다. 죽음을 인식한 것, 그리고 그것의 이해 불가능성은 너에게 시험의 결과보다 중요했다. 나중에 너는 시험에 합격했다는 소식을 듣는다. 네 죽음에 대한 발표는 최상위 점수에 속했다. 너는 입학을 거부했다.

너는 초대를 받을 때 네가 먹게 될 요리를 미리 생각하며 즐거워할 수 있도록 초대받은 저녁의 메뉴 역시 알고 싶어 했다. 도래할 즐거움은 현재의 일련의 욕망으로 더 커질 것이다.

너는 너의 미래를 알고 싶어 했는데, 그것은 네가 무엇이 될지 앎으로써 자신을 안심시키려는 목적 때문이라기보다는, 너를 기다리고 있는 삶을 예측해서 살기 위해서였다. 너는 네 삶의 모든 날짜가 죽는 날까지 적힌 완벽한 스케줄 수첩을 꿈꿨다. 너는 다음 날의 즐거움과 역경뿐만 아니라 먼 훗날의 것들에 대해서도 대비할 수 있을 것이었다. 너는 우리가 과거를 기억하는 것처럼 미래를 열람할 수 있을 것이고, 그곳을 마음대로 왕래할 수 있을 것이다. 하지만 어느 날은 이 상상의 수첩이 네 인생이 마치 가시 돋은 커다란 벽인 것처럼 보여 줄 수도 있다. 너는 예상된 삶이 즐거움으로 가득 차 있으리라고 상상했기에 안심했다. 하지만 실제로는 이 수첩에 담긴 내용이 무엇이 될지 아무도 몰랐다. 어쩌면 이것은 최악의 악몽이 될 수도 있었고, 네가 대비해야 할 예정된 불행의 연속일지도 몰랐다. 미래를 알지 못하는 것은 그 반대로, 그것을 갈구하게 했다.

너는 제스처가 몇 분 안에 이루어지고 그 흔적이 간직돼서 오랫동안 보일 수 있는, 오랜 반향을 가진 행동들만을 하고 싶어 했다. 너는 물질성 안에서 정지된 시간 때문에 그림에 관심을 가졌다. 그림을 그리는 짧은 시간은 그림의 긴 수명에 의해 계승된다.

여름에 너는 혼자 보트를 타고 바다로 항해를 떠나곤 했다. 너는 돛을 올리고 앞으로 똑바로 나아갔다. 사방에서 똑같은 파도가 치고 있는데 방향을 돌릴 이유가 무엇인가? 이 항로는 너를 만족시켰다. 너는 경로는 걱정하지 않았고, 해안을 등지고 수평선을 향해 뱃머리를 돌렸다. 너는 육지를 잊고 싶어 했지만, 물결에만 휩싸일 수 있기에는 너무 짧은 원정이었다. 바람이 폐를 가득 채웠고, 파도가 귀를 먹게 했고, 보트의 움직임은 균형을 잡기 위해 신체를 모두 사용하도록 만들었다. 파도의 움직임이 너에게 최면을 거는 동시에, 바람이 너를 깨웠다. 너는 유모가 요람을 흔들며 낮은 목소리로 노래를 부르며 재우는 아기의 졸음을 닮은, 이 의식이 있는 반수면 상태를 좋아했다. 그 이후에 너는 돌아가야 했다. 너는 해안 쪽으로 해변에서 배가 있던 곳까지 곧바로 돌아가려고 애를 썼지만, 바람의 방향 때문에 어쩔 수 없이 우회하며 돌아가야 했다. 멀리서 보이는 육지의 광경은 바다가 잊게 했던 현실로 너를 데려왔다. 해변이 가까워지자 너는 물결이 너를 잠기게 한, 깨어 있는 꿈을 서서히 떠났다.

어느 날 밤, 너는 프로방스의 한 도시에서 무작위로 밤거리를 세 시간 동안 걸었다. 너는 두 대로가 지나가는, 매력적인 것과는 거리가 먼 동네에 다다랐다. 볼품없는 건물들이 임대 아파트, 양로원, 차고, 슈퍼마켓, 청소기 판매점, 애완동물 용품점, 미장원과 번갈아 가며 나타났다. 기사 식당 메뉴가 걸린, 더러운 커튼으로 가려진 식당에서는 진한 기름 냄새와 오랫동안 조리한 고기 냄새가 풍겼다. 주황색 도시의 조명이 두 콘크리트블록 사이에 기적적으로 보존된 지난 세기의 빌라를 바라보면서 네가 느낄 수도 있었던 즐거움을 망쳤다. 너는 공동묘지에 접해 있는 작은 교회에 도착했다. 커다란 편백나무 한 그루가 심어진 입구의 울타리 너머로 선명하게 보이는 하얀색 무덤들이 네게 마치 잔잔한 아름다움의 오아시스처럼 다가왔다. 너는 밤에 묘지를 걸으려는 생각을 한 번도 해본 적이 없었다. 유령에 대한 무의식적인 공포가 그 생각조차 들지 않도록 너를 보호했다. 너는 벽을 이루는 돌의 움푹 들어간 부분과 울타리 높이에 있는 받침대를 보고 들어가기로 마음을 먹었다. 너는 어떻게 다시 빠져나올지를 생각하기 전에, 고민하지 않고 벽을 타고 올라가기 시작했다. 그때 자동차 한 대가 지나갔고, 너는 다시 내려와서 자동차가 지나가기를 기다렸다. 그다음에는 오토바이와 다른 자동차 한 대가 더 지나갔다. 너는 기다리는 동안 작은 표지판에 적힌 묘지의 개장 시간을 확인하는 척했다. 새벽 두 시였다. 너는 다시 벽을 타고 오르기 시작해서 몇 번의 몸짓만으로 담장 안에 이르렀다. 너는 인접한 공사장처럼 누군가 묘지를 감시하고 있는지 알지 못했다. 자갈들이 네 발걸음 밑에서 덜그럭거렸다. 너는 유령이 무섭지 않았다. 너는 오래전부터 죽음에 대해 너무나 자주 생각한 나머지 이제는 그것을 친숙하게 느꼈다. 어둠 속에서 이 무덤들을 바라보는 것은 마치 다정한 친구들이 주최한 소리 없는 무도회에 참석한 것처럼 너를 안심시켰다. 너는 그곳의 유일한 이방인이었다. 누워 있는 사람들로 둘러싸인, 그들로부터 사랑을 받는 유일한 살아 있는 사람. 유령의 존재보다 경비원이나 배회하는 사람이 너를 더 불안하게 만들 것이었다. 어둠 때문에 부드러워진 이 묘석들의 장소에서 너의 생각은 마치 삶과 죽음 사이에 있는 것처럼 떠돌았다. 너는 너 자신이 이방인처럼 느껴졌지만, 죽은 자들로 가득한 이 공간은 친숙하게 느껴졌다. 너는 그때까지 이미 죽었다는 이 느낌을 받아 본 적이 별로 없었다. 하지만 창문으로 반짝거리는 빛이 새어 나오는 집들이 있는, 묘지 아래쪽으로 펼쳐진 언덕을 바라보면서 너는 불현듯이 살아 있는 자들의 세계로 다시 돌아왔다. 생존 본능이 너의 발걸음을 출구 쪽으로 돌렸다. 너는 묘지를 빠져나가기 위해 몇 개의 튀어나온 받침대를 잡고 내벽을 기어올랐다. 길 쪽으로 다시 내려오면서 너의 발이 묘지의 출입문을 건드렸고, 문이 열렸다. 문은 열쇠로 잠겨 있지 않았다. 출입문은 언제나 열려 있었다. 너는 쓸데없이 담을 타고 넘었던 것이다.

다른 사람들을 행복하게 만드는 화창한 날씨, 더위와 햇볕은 너에게는 외출하라는 초대, 고독에 대한 방해, 기쁨에 대한 의무와도 같았다. 너는 행복이 날씨에 의해 좌우되는 것을 거부했다. 너는 그 행복의 유일한 책임자이고 싶었다. 누가 좋은 날씨를 이유로 너를 만나자고 청하면 너는 그 초대를 거절했다. 너는 흐린 날씨, 겨울, 비 혹은 추위를 불쾌하게 생각하지 않았다. 그럴 때 자연은 너의 기분에 일치되는 것처럼 보였다. 나쁜 날씨는 너에게서 외출하지 않는 죄책감을 덜어 줬다. 너는 다른 사람들 눈에 너의 유폐가 이상하게 보일 것을 걱정하지 않고 집에 머물 수 있었다. 아무도 네가 방에 틀어박히기를 좋아한다는 것에 관해 물으러 오지 않았다.

너는 단정함에 반하는 세련됨이 우아함의 지나치게 가시적인 버전이라고 말하고는 했다. 너는 이목을 끌고 싶어 하지 않았지만, 사람들은 네가 우아하다고 말했다. 너는 특징을 가지고 싶어 하지 않아 했지만, 너의 아름다움과 위상은 군중 속에서 너를 눈에 띄도록 했다. 너는 덜 매력적인 외관 뒤에 너를 지우려고 네 치수가 아닌 옷을 입고, 허리를 구부정하게 숙이고, 서투른 몸짓을 하려고 계획했다. 하지만 너는 이러한 책략이 눈에 띄고, 사람들이 네가 일부러 더 멋을 부린 것으로 생각할까 봐 두려워했다. 그래서 너는 타고난 너의 우아함을 체념하고 받아들였다.

어느 날 파리에서 너는 지하철 칸에 들어가 보조 의자에 앉았다. 세 역이 지나고 한 노숙자가 네 옆으로 와 앉았다. 그에게서는 치즈와 대소변 냄새가 났다. 털이 덥수룩하게 난 그는 네 쪽으로 돌아 몇 번이고 코를 훌쩍거리더니 말했다. "흐으음, 여기 좋은 향기가 나네!" 너는 외출하기 전에 향수를 뿌렸던 터였다. 처음이자 마지막으로 노숙자가 너를 웃게 했다. 보통 이런 부류의 인물은 너를 불안하게 만들었다. 너는 그들에게서 위협당한다고 느끼지 않았고, 어떠한 기분 나쁜 일도 겪은 적이 없지만, 너는 네 삶이 그들처럼 될까 봐 두려워했다. 하지만 너에게는 이 두려움을 가질 이유가 하나도 없었다. 너는 혼자가 아니었고, 가난하지도 않았고, 알코올의존자도 아니었고, 버림받지도 않았다. 너에게는 가족이 있었고, 아내, 친구들, 집이 있었다. 돈도 부족하지 않았다. 하지만 노숙자들은 너의 가능한 종말 중 하나를 예언하는 유령 같았다. 너는 너를 행복한 사람들과 동일시하지 않았고, 가끔은 모든 것에 실패했거나 아무것에도 성공하지 못한 사람들에게 너를 투영했다. 노숙자들은 네 삶이 닿을 수 있는 쇠퇴의 최종적인 단계를 구현했다. 너는 그들을 피해자가 아닌 그들 자기 삶의 작가로 생각했다. 터무니없게 들릴 수도 있지만 너는 몇몇 노숙자들은 스스로 그렇게 살기를 선택했다고 생각했다. 그것이 가장 너를 불안하게 만들었다. 어느 날 전락하는 것을 선택할 수도 있다는 것. 너 자신을 놓아 버리는 것이 아니라(그것은 수동성의 한 종류일 뿐일 것이다), 추락하고, 망가지고, 너 자신의 폐허가 되는 것을 원할 수도 있다는 것. 너는 다른 노숙자들을 떠올렸다. 그들을 마주칠 때면 너는 거리를 두고 그들을 살펴보기 위해 멈추곤 했다. 그들은 아무것도 소유하지 않았고, 집 없이, 물건 없이, 친구들 없이 하루하루를 살아갔다. 그들의 궁핍이 너를 매료시켰다. 너는 너에게 주어진 것들과 네가 얻은 것을 버리고, 그들처럼 사는 것을 상상했다. 너는 물건들로부터, 사람들과 시간으로부터 벗어날 것이다. 너는 영원한 현재 안에 정착할 것이다. 너는 네 미래를 계획하기를 포기할 것이다. 너는 어떤 선택이든 신경 쓰지 않고, 만남과 사건의 우연에 너를 맡길 것이다. 네가 지하철에 앉아서 네가 그의 삶을 산다면 어떨 것인지를 상상하고 있을 때, 노숙자가 비틀거리면서 일어나 지하철역 승강장에 있는 술에 취한 노숙자 무리로 합류했다. 그중 한 명은 바닥에 누워서 입을 벌리고, 배를 드러내고, 한쪽 신발은 벗겨진 상태로 잠을 자고 있었다. 그는 죽은 사람처럼 보였다. 어쩌면 바로 이것이 네가 두려워하는 것이었다. 여전히 숨 쉬고, 마시고, 먹는 육체 안에서 무력해지는 것. 천천히 자살하는 것.

너는 증조부의 초상화 한 점을 서재의 책상 뒷벽에

걸어 두었는데, 네가 앉아 있을 때 그에게 등을 돌리고 있게 되었다. 그렇게 되면 네가 그를 보는 것이 아니라 그가 너를 바라보게 된다고 했다. 그의 시선이 항상 너에게로 향했고, 네가 그를 보고 싶을 때면 몸을 돌려 뒤를 바라봐야 했다. 그때 너는 네가 방에 들어갈 때 그에게로 던진 순간적인 시선과는 전혀 다른, 고상하고 지속적인 관심을 가지고 그를 지켜보곤 했다.

네가 사는 동네에는 정신분석학자도, 정신과 의사도 없었다. 너는 너의 병폐가 신체적인 결함 때문인지 자문했다. 너는 일반의와 약속을 잡았고, 그는 너에게 항우울제를 처방해 줬다. 너는 실험을 하듯 약을 먹었다. 며칠이 지나고, 너는 이상한 기분을 느꼈다. 너는 네 입에서 마치 다른 사람이 말하는 것처럼 단어들이 발음되는 것을 들었다. 네 행동은 거칠어졌다. 너는 네 아내에게 다가가 갑자기 그를 팔로 감쌌다. 너는 그를 격렬하게 껴안은 다음 그에게서 재빨리 떨어졌다. 그는 너를 이해하지 못한 채 팔을 너에게로 뻗고 그에게서 멀어지는 너를 바라봤다. 그리고 너는 책 한 권을 집어서 읽기 시작했다. 종이 위에서 단어들이 추상화의 선 같은 것을 그리고 있었고, 그것들의 의미가 너에게서 빠져나갔다. 너는 책을 다시 내려 두고 부엌으로 가서 샌드위치를 만들었지만 먹지 않았다. 너는 산책을 하려고 밖으로 나갔지만 네가 왜 외출했는지를 몰랐기 때문에 몇 분 뒤에 돌아왔다. 너는 담배를 피우려고 했다가 몇 모금 빤 이후에 껐다. 너는 책상에 앉아 경제 수업을 복습하다가 고지서 요금을 내러 외출했다. 아무것도 너의 주의를 끌지 않았다. 너는 문서를 정리했다. 너는 네가 해야 하는 것들의 긴 목록을 생각했지만, 생각을 정리할 수가 없었다. 흥분이 아무런 논리 없이 너를 한 행동에서 다른 행동을 하도록 만들었지만, 너는 그중 아무것도 끝까지 하지 못했다. 긴장은 밤에 너를 잠 못 이루게 했다. 처음 며칠은 밤을 새웠을 때 그러는 것처럼 수면 부족으로 수척해졌다. 2주가 지나자 네가 비축해 놓은 잠은 바닥났다. 불면은 너를 멍하게 만들었다. 너는 바보가 되었다. 기억력은 약해졌다. 너는 네가 잘 아는 사람들을 포함한 사람들의 이름을 기억하는 데조차도 애를 먹었다. 겨우 몇 달 보지 못한 친구의 이름을 기억하는 데 이틀이 걸렸다. 그의 얼굴과 목소리는 아무런 어려움 없이 기억났지만, 이름은 마치 한 번도 존재한 적이 없는 것 같았다. 너는 주소록을 살펴본 다음에야 겨우 그의 이름을 찾을 수 있었다. 너는 다시 의사를 보러 갔고, 그는 너에게 수면제 역할을 하는 새로운 항우울제를 처방해 줬다. 너는 즉시 깊은 잠을 잘 수 있었지만, 깨어 있을 때조차 잠을 자는 듯한 느낌이 들었다. 너는 낮에도 반수면 상태로 둥둥 떠다녔다. 너는 천천히 말했고, 똑바로 발음하지 못했으며, 누가 질문하면 늦게 대답했다. 너의 발걸음은 무거워졌다. 너는 발을 끌었다. 밖에서 너는 비정상적으로 똑바로 걸었고, 마지막 순간이 돼서야 장애물을 피했다. 가끔은 그것들에 부주의했다. 너는 물웅덩이를 무신경하게 가로질렀고, 가로등에 어깨를 부딪쳤다. 길에서 마주치는 행인들은 몸을 돌려 너를 쳐다봤다. 너는 눈앞의 현재에 살았다. 최근의 사건들에 대한 너의 기억력은 감소했다. 너는 방금 들은 얘기를 기억하지 못했다. 누군가가 너에게 이야기를 들려주고 있는 도중에 너는 어떻게 그 이야기가 시작되었는지 자문했다. 네가 반복된 질문들을 던질 때, 혹은 상대방이 방금 언급한 주제에 관해서 물을 때, 비로소 우리는 너의 부재를 알아챘다. 새로운 항우울제를 복용하기 시작한 지 일주일이 지나고, 너는 유령이 되었다. 너는 그 약이 얼마나 너를 바보로 만드는지에 대해 불평할 때만 빼고는 그 혼수상태에서 빠져나오지 않았다. 너는 다시 의사를 보러 갔고, 그는 너에게 세 번째 항우울제를 처방해 줬다. 첫 번째 주에는 수면 부족 외에는 딱히 다른 증상을 느낄 수 없었다. 하지만 두 번째 주부터 너는 예측할 수 없는 순간에 비정상적인 흥분을 느끼곤 했다. 어느 날 너는 피곤한 상태로 일어났다. 일찍 잠자리에 들었고, 밤새 누워 있었는데도 불구하고 두 시간밖에 잘 수 없었다. 너는 정오까지 느릿느릿하게 행동을 이어 가다가 갑자기, 이유 없이, 엄청난 행복감을 느꼈다. 너는 빨리 말했으며, 아무렇게나 정신없이 몸을 움직였다. 너는 어머니와 전화 통화를 하면서 냉장고의 식료품 위치를 계속 바꿨고, 동시에 갑자기 부엌 실내장식을 바꿔야겠다고 생각하며 그곳을 바라봤다. 너는 지하실에 삽을 찾으러 가려고 급작스럽게 대화를 중단했다.

몇 달 동안 쌓여 있던 정원의 흙더미를 치워야겠다는 생각이 들었다. 삽은 찾을 수 없었지만, 곰팡이가 핀 오래된 상자가 쌓여 있는 것을 발견했다. 너는 팔로 네 머리 높이를 넘는 상자 더미를 들고, 집에서 1킬로미터 떨어진 쓰레기장을 향해 더듬더듬 걸어갔다. 네가 다시 돌아왔을 때, 너는 활짝 열린 집 문과 가스레인지에서 타고 있던 냄비를 발견했다. 이 광경은 너를 좌절시켰다. 너는 소파에 앉아서 마치 캘리퍼스가 관자놀이를 향해 천천히 조여지는 것 같은 극심한 통증을 느꼈다. 손가락으로 머리를 두드리자 마치 죽은 사람의 두개골에서 나는 듯한 공허한 소리가 들렸다. 너는 갑자기 뇌가 없는 듯한 느낌에 사로잡혔다. 혹은 다른 사람의 뇌를 가지고 있거나. 너는 그렇게 네가 진짜 너 자신인지 물으며 두 시간 동안 앉아 있었다. 너는 소파에서 모서리가 삐져나온 문서로 관심을 돌렸다. 그것은 대형 국제 은행의 연례 보고서였다. 너는 그것이 왜 거기에 있는지 몰랐지만, 주의를 가지고 그것을 읽기 시작했다. 너는 네가 읽는 것을 이해할 수 없었다. 프랑스어로 적혀 있었지만, 외국어처럼 보였다. 묘한 시적 매력이 있는 추상적인 이 텍스트의 끝에 다다르자 너는 일어나서 갑자기 사업을 시작해야겠다는 생각에 사로잡혔다. 너는 회사의 법률에 대한 책을 찾아보려고 도서관으로 향했다. 도서관은 닫혀 있었다. 일요일이었지만 너는 그것에 대해 생각해 보지 않았다. 너는 뛰어서 온 길을 다시 돌아갔고, 다리가 간지러웠고, 걷잡을 수 없는 육체적 에너지로 넘쳤다. 너는 오래된 벽 앞에서 멈췄다. 부싯돌이 하나 튀어나와 있었는데 너는 그것을 먹고 싶은 마음이 들었다. 그 돌에 가까이 다가간 순간에야 너는 네 행동이 얼마나 이상한지 깨달았다. 하지만 너는 바로 그것을 잊었다. 다시 절제되지 않은 달리기를 시작했다. 더웠고, 날씨가 좋았고, 햇볕이 너를 흥분시켰다. 너는 어렸을 때 그랬던 것처럼 반항적으로 해를 정면으로 쳐다봤다. 눈에 눈물이 고였다. 약한 고통은 너를 만족시켰다. 눈부심은 거리를 하얀색 단색 그림으로 바꿔 놓았고, 너는 그 아름다움을 감상하기 위해 좀 더 천천히 걸었다. 영화의 한 특수효과처럼 색깔이 천천히 다시 돌아왔다. 그리고 너는 네 몸의 다른 특수 효과를 시험해 보기 위해서 더 천천히 걸으려고 생각했다. 집에 가려고 30분의 시간을 보낸 너는 정원을 거북이처럼 가로질렀다. 네 아내가 계단에 나타나더니 웃기 시작했다. 너 역시 미친 사람처럼 억제할 수 없는 큰 웃음을 터뜨렸다가 갑자기 멈췄고, 네 아내는 당황했다. 너는 덧창의 페인트가 벗겨진 것을 발견한 참이었고, 다시 페인트칠하려고 준비했다. 네가 붓을 정리해 둔 창고의 어둠과 냄새가 갑자기 너를 현실로 복귀시켰다. 이 친숙한 냄새는 너에게 항우울제를 복용하기 전의 상태를 생각나게 했다. 너는 약을 먹음으로써 느끼는 행복감이 얼마나 인위적인지 깨달았다. 흥분 상태 다음에 오는 쇠락의 단계는 전보다 더 강렬했다. 너는 너 자신을 통제하지 못했고, 약이 너에 대한 통제권을 가지고 있었다. 조금의 가짜 행복은 네가 자유의지를 잃게 할 만할 가치가 있었던가? 너는 너를 두 동강 내거나 바보로 만드는 이 화학적인 목발을 집어던지기로 결심했다. 하지만 네 몸은 이미 그것에 적응한 상태였다. 다시 너 자신으로 돌아오기 위해서는 새로운 불안과 낙담으로 점철된 2주를 보내야 했다.

각각의 사건들이 시작, 구현 그리고 완성으로 구성된다고 했을 때, 너는 시작 단계에서 욕망이 쾌락보다 강하다는 이유로 그것을 선호했다. 시작 단계는 사건이 완성 단계에서 잃고 마는 잠재력을 보존하고 있다. 욕망은 성취되지 않는 한 연장된다. 쾌락은 욕망의 죽음을, 곧이어 쾌락 자체의 죽음을 뜻한다. 시작을 좋아하는 네가 자신을 지워 버린 것은 뜻밖의 일이다. 자살은 끝이니까 말이다. 아니면 너는 그것을 시작이라고 판단했을까?

너는 테니스, 스쿼시, 탁구를 쳤다. 너는 승마를 했다. 수영을 했다. 달리기를 했다. 배를 탔다. 너는 도시와 시골길을 걸었다. 너는 팀 스포츠는 하지 않았다. 너는 다른 팀원들에게 의지하지 않고 혼자서 에너지를 쓰는 것을 선호했다. 너는 상대방과 맞붙기를 좋아했는데, 이기기 위해서라기보다는 네 노력에 동기를 부여하기 위해서였다. 혼자 시골에서 말을 타거나 바다, 강, 수영장에서 수영하는 도중에 너는 네가 하는 일의 무의미함 때문에 낙담하곤 했다. 스포츠는 허무한 행동이었다. 너는 경기한다는 즐거움 때문이 아니라 네 에너지를 소비하기 위해 운동을 했다. 네 몸은 동물의 것처럼 필요한 것보다 더 많은 에너지를 생산했다. 네가 비축한 힘의 여분은 배출되지 않는다면 너를 향해 공격할 것이었다. 네가 너 자신을 고갈시키지 않고 한 주를 보냈을 때면 너는 발을 굴렀고, 몸의 근육은 아침부터 긴장되었다가 해가 질 때까지 이완되지 않았다.

너는 운동을 하지 않음으로써 생기는 효과를 측정하기 위해 한 달 동안 운동을 하지 않았다. 테니스도, 승마도, 보트 타기도, 수영도, 달리기도, 걷기도 하지 않았다. 너는 몸에 마치 전기가 흐르는 것처럼 변했다. 과도하게 충전된 건전지처럼 녹거나 폭발할 위험이 있었다. 네 몸짓은 빨라졌다. 너는 일상적인 물건을 다룰 때, 마치 그것이 네가 처음 다루는 복잡한 기계라도 되는 것처럼 어색해했다. 어렸을 때 이후로 잊고 있던 신경성 경련이 다시 나타났다. 너는 이유 없이 연속으로 열 번 팔을 뻗다가 팔꿈치의 뼈에 금이 가게 했다. 너는 관절을 힘껏 당겨서 어깨를 뻗었다. 너는 5분 동안 숨을 과장되게 들이마시고 내쉬었다. 서 있을 때는 발끝으로 버텼는데, 너를 너무 오래 붙잡고 있던 한 친구와 이야기하면서 발목을 접질렸다. 방에 있을 때 너는 허공에 대고 주먹질을 하거나 발을 걷어차고 싶은 마음이 들었다. 너의 몸은 네가 그것에 부과한 부동성에도 불구하고 에너지를 분출하며 속임수를 쓰려고 했다.

한겨울 아침, 너는 반바지에 티셔츠를 입고 운동화

를 신고 집을 나섰다. 너는 도시에서 멀어지고 시골 사이로 굽이져 있는 강변으로 난 길을 따라갔다. 아침 여덟 시였고, 해가 뜨면서 안개가 걷히고 있다. 추위가 얇은 옷을 뚫고 들어왔고, 네 손은 붉어졌고, 귀는 얼어붙었다. 네 몸은 마치 냉동고에 알몸으로 있는 것처럼 연약했다. 너는 무슨 마조히즘이 너를 이 고문을 겪도록 이끌었는지 자문했다. 하지만 너는 빨리 달렸고, 네 몸은 점점 뜨거워졌다. 얼마 지나지 않아 네 목과 허벅지에 맺힌 땀이 네 피부를 자극했다. 너는 숨이 찼고, 얼어붙은 공기가 내벽에 붙은 니코틴을 뱉어 내는 폐 안으로 스며들었다. 하지만 너는 계속 달렸다. 고통스러웠던 처음 20분이 지나자 행복감이 너를 사로잡았다. 너는 추위와 달리기의 고통을 잊어버렸다. 너는 이제 끝도 없이 달릴 수 있다고 믿었고, 네 뇌는 네 몸이 분비하는 자연적인 마약에 점령당했다. 너는 한 시간 반을 달린 후에야 집으로 돌아갈 결심을 했다. 추위와 고통에 무관심해진 너는 땀에 젖은 채 세 시간 뒤 집에 도착했다. 이제 멈추는 것은 고통스러운 일이 되었다. 너는 달리기의 급작스러운 끝을 진정시키려고 현관에서 제자리 뛰기를 하면서 숨을 돌렸다. 집 안은 너무 더웠다. 다시 외출하는 것은 무용지물일 터였다. 주변 온도에 다시 적응하고 있는 네 몸은 이 극심한 추위를 더는 견디지 못할 것이었다. 너는 방에서 방을 거닐었다. 너는 거울 앞을 지나가다가 붉고 노란 반점으로 덮인 네 얼굴을 보게 되었다. 너는 가까이 다가갔고, 너의 모습을 알아봤지만,

마치 다른 사람의 모습인 것 같은 느낌이 들었다. 피곤이 너를 분리했다. 너는 이제 너를 둘러싼 가구와 물건들을 바라보기 시작했다. 너에게 친숙하게 다가와야 할 것들이 낯설게 느껴졌다. 너는 사전을 집어서 아무 페이지나 펼치고 Fraction이라는 단어를 찾아 그에 대한 정의를 읽었다. 단어들은 추상화 같았다. 너는 글자들을 알아봤고, 발음되는 소리대로 그것들을 정렬했지만, 네가 읽던 문장에서 아무런 의미도 찾아볼 수 없었다. 텍스트는 단색 표면처럼 불투명했다. 너는 사전을 덮고 선반에 놓인 사탕을 하나 집어 들었다. 사탕 껍질을 벗겨 입안에 넣었다. 강한 박하 향이 혀를 자극했고 폐 안으로 퍼졌다. 아릿한 자극은 네가 기침을 하도록 만들었다. 너는 소파에 앉아 눈을 감고 머리를 뒤로 젖혔다. 심장에서 피가 요동치는 것이 느껴졌다. 평소보다 무거웠다. 동맥과 정맥이 너무 좁은 것처럼 느껴졌다. 네 몸은 시끄러웠다. 네 몸은 음악이라기보다는 불쾌한 박동을 연주하고 있었다. 너는 그것의 박자가 약해지기를 기다렸다. 등받이 나무에 올려 둔 목이 피곤해졌다. 너는 일어났다. 자세를 바꾸는 것은 너를 어지럽게 만들었다. 하얀 입자들이 네 눈의 표면에 축적되었다. 그것은 배경을 가렸고, 가구들은 사라졌다. 네가 쓰러지려고 하던 순간에 오한이 척추를 타고 흘렀다. 흰색 반점들이 사라졌고, 슬라이드 영사의 오버랩처럼 사물들이 다시 등장했지만, 아까보다 더 현실적이지는 않았다. 너는 소파 위로 넘어졌고, 소파의 벨벳은 너를 감쌌지만, 이 감각을 동반하는 어떠한 기억도 없었다. 네 기억은 사라진 것 같았다. 너는 책장 선반에 놓여 있던 네 아내의 사진 쪽으로 다가갔다. 너는 즉석 사진기에 붙여진 모르는 여자의 초상을 보기라도 하듯이 무심하게 그것을 바라봤다. 너의 무감각에 대해 걱정하고 있을 무렵 바닥에서 발소리가 났다. 너는 뒤돌아봤다. 아내였다. 그는 다음 주에 둘이 초대받은 저녁 식사에 대해서 말했고, 네가 참석을 거절하리라고 예상했다. 네가 하고 싶은 말이 무엇인지 생각하기도 전에, 네 입에서 반박의 말이 튀어나왔다. 네 아내는 놀랐지만, 너는 그의 얼굴에서 추상적인 표정만을 볼 뿐이었다. 분명 그는 네 아내였고, 너는 그를 알아봤지만, 너는 네가 그를 알고 있는지 자문했다. 그는 배경에서 윤곽이 떨어져 나온 사물들처럼 추상적이었다. 그는 너를 바라봤고, 네 반응을 기다렸지만, 네 얼굴은 여전히 무표정이었다. 달리기의 육체적 과도함은 너를 깨어 나올 수 없는 각성 상태의 잠으로 빠져들게 했다. 네 관자놀이와 눈과 두개골 뒤쪽에서 일어나는 일들은 더는 네 관할이 아니었다. 신체의 자율 운동이 너를 이끌었다. 너는 샤워를 하려고 욕실로 발걸음을 향했다. 발밑의 차가운 타일도, 비누 냄새도, 머리 위로 흐르는 뜨거운 물도 너를 마비 상태에서 벗어나게 하지 못했다. 샤워 후 몸을 뉘었지만 잠은 오지 않았다. 너는 너 자신에게서 분리되었고, 감각이 없어질 정도로 긴장이 풀려 있었다. 이 무감각은 너를 두렵게 만들었어야 했지만 너는 무감각에 무감각했다. 너는 일어나서 옷을 입고 점심을 먹기 위해 네 아내에게 갔다. 식탁에서 너는 대답을 내포하지 않은 모호한 표현으로 대화에 반응했다. 너는 해가 질 때까지 몽유병자처럼 그렇게 하루를 보냈다. 네가 전등을 켰을 때는 달리기를 한 후로부터 일곱 시간이 지나 있었다. 너는 깨어나기 시작했다. 육체 소모의 과도함은 너를 기진맥진하게 했다. 너는 앞으로는 그것이 역효과를 내지 않도록 힘을 조절해야겠다고 결심했다. 운동이 진을 빼는 것이 아니라 긴장을 풀릴 수 있게 하도록 절도를 알 필요가 있었다.

너의 최후는 계획적이었다. 너는 죽음 이후 바로 시신이 발견되도록 시나리오를 구상했다. 너는 시신이 며칠 동안 부패하면서 방치되는 것을, 잊힌 은둔자의 시신처럼 썩어서 발견되는 것을 원하지 않았다. 너는 살아 있는 너의 육체에 폭력을 가했지만, 죽어서는 네가 직접 가한 것 외에 다른 손상의 희생양이 되는 것을 원치 않았다. 너는 네 아내와 네 시신을 운반할 사람들에게 네가 계획한 방식으로 보이도록 신경을 썼다.

너는 말이 별로 없었지만, 말을 할 때면 명확했고, 상대가 친숙할 때면 열정적으로 했다. 너는 사교적이지 않았다. 모임이 있으면 너는 대화를 주도하려고 모르는 사람들에게 다가가지 않았다. 다른 사람이 너에게 먼저 말을 걸 경우에만 새로운 사람들을 만났다. 너는 누구와도 대화할 수 있었지만, 주장보다는 질문하는 것을 선호했다. 너는 너의 질문에 다른 사람이 대답하는 것을 혹은 네가 던진 주제에 대해 여러 명이 이야기하는 것을 끝도 없이 들을 수 있었다. 사람들 앞에서 네 이야기를 하는 것을 좋아하지 않던 너는 이 질문들을 통해 듣는 사람의 위치 뒤로 숨을 수 있었다.

너는 밤에, 시간이 흐르는 것을 덜 의식했다. 도시의 과제는 내일로 미뤄졌다. 어떠한 사회적인 행위도 할 필요가 없었고, 더는 아무것도 너 자신에게서 주의를 다른 곳으로 돌리지 않았다. 너는 죄책감 없이 사색적으로 되었고, 피곤을 제외하고는 이를 방해할 것은 아무것도 없었다.

눈을 감고 있는 불면의 밤 동안 시간은 지워졌고, 생각과 시나리오가 시계처럼 규칙적으로 네 머릿속에서 맴돌았다. 어른이 아이들의 회전목마를 바라보듯이 너는 네 망상의 소용돌이를 관찰했다. 그것은 깊숙한 곳에 묻혀 있던 기억을 의식하게 했고, 네가 그것을 알아보는 순간 사라졌다가, 다시 나타난 다음, 다시 사라졌다. 너는 수동적인 관객이 되어 영화처럼 펼쳐지는 장면들을 바라보았다. 행동은 계속 반복되면서 의미를 잃어 갔다. 너는 이 장면들이 얼마 동안 지속되는지, 네가 그것들을 바라보느라 얼마만큼의 시간을 보냈는지 말할 수 없을 것이었다. 너는 시간을 보기 위해 전등을 켜지 않았지만, 덧창 사이로 햇살이 모습을 비칠 때, 자러 간 순간부터 지금까지 한숨도 자지 못했다고 믿었다. 하지만 네 아내는 일어나서 네가 자는 동안 이해할 수 없는 말을 중얼거렸다고 확인해 주었다. 너는 너도 모르는 사이에 잠을 잤다. 너는 잠과 각성 상태를 혼동했다.

너는 나에게 두 꿈을 들려주었다. 첫 번째 꿈에서 너는 빨간색 이탤릭체로 불멸의 노루(Le chevreuil éternel)라고 쓰인 분홍색 카드를 손에 들고 있다. 너는 여기에 숨겨진 메시지를 이해한다. 이는 네가 10년 동안 보지 못한 오랜 친구의 청첩장이다. 결혼식은 그날 바로 핀란드에서 열린다. 헬리콥터 한 대가 너를 피오르의 등선에 내려준다. 밑으로는 테이블이 준비되어 있고 멀리서 모인 사람들은 너를 중요한 손님으로 맞이한다. 너는 저 아래로 300미터 떨어져 있긴 하지만, 그곳에서 그들이 하는 모든 대화를 정확하게, 그리고 동시에 알아듣는다. 네가 다시 초대 카드를 바라보자 너는 모든 여자가 네 옛 연인들로 구성된 파티의 한가운데에 서 있다. 다섯 시가 되자 신혼부부의 부모들은 옷을 벗고 피오르로 뛰어든다. 손님들도 그들을 따라 한다. 물은 달콤한 까치밥나무 열매의 맛이 나고, 그 안에서 숨을 쉴 수 있다. 이 이상적인 양수 안에서 너는 네 전 연인들과 차례대로 사랑을 나눈다. 네가 그들을 사랑하는 것만큼 그들끼리도 서로를 사랑한다.

두 번째 꿈에서 너는 「노르마」*를 공연하고 있는 오페라극장에서 너를 쫓는, 무장한 한 남자에게서 탈출하려고 한다. 너와 남자는 거칠게 몇 번이나 맞붙지만 둘 중

* 1831년 밀라노의 스칼라극장에서 초연된 빈센초 벨리니 작곡의 오페라.

누구도 우세를 점하지는 않는다. 공연 박바시가 되었을 때 너의 적이 극장 위로 나 있는, 너를 무척이나 만나고 싶어 하는 매우 특별한 남자가 기다리고 있는 작은 방에 너를 들어가게 하는 데 성공한다. 이 방에는 컴퓨터와 비디오 화면이 몇 개 놓여 있다. 남자는 4분의 3은 등을 돌리고 있어서 얼굴이 보이지 않는다. 네가 그의 주위를 돌아서 다가갔을 때에서야 비로소 너는 그가 사람이 아니라 황금색의 크롬 금속으로 만든 안드로이드 로봇임을 겁에 질려 발견한다. 그는 차가운 눈으로 너를 바라보고 네 자리를 안내한 다음 비디오를 시작하는데, 그 안에서는 진정제의 효과에 취해 아무런 의심 없이 잠이 들면서 하품을 하는 네가 수술대에 누운 모습이 보인다. 천장에 숨겨진 상자로부터 사실은 고문을 위한 수술 기계가 내려온다. 여러 바늘로 이어진 팔이 네 고환 쪽으로 향하고 기계로 움직이는 손이 네 고환을 동여맨다. 너는 최근에 네가 납치돼서 너도 모르는 사이에 수술을 받았다는 것을 깨닫는다.

너는 첫 번째 꿈을 더 좋아했지만, 그 꿈을 꾸면서 느낀 쾌락과 두 번째 꿈을 꾸면서 느낀 불편함은 그것들을 다시 기억하는 기쁨을 대신하지 못했다. 잠을 자면서 본 것들에 대한 기억을 각성 상태로 다시 경험하는 흥분을 느낄 수 있다면, 좋은 꿈인지 나쁜 꿈인지는 중요하지 않았다.

너는 어느 날 노르망디의 해변이 간조일 때 네 동생

들과 산책을 하러 갔다. 너와 그들은 수영복 차림에 맨발인 채였다. 광대하게 펼쳐진 모래와 바다는 사막을 닮아 있었다. 비수기의 주중이었다. 걷고 멀리 바다를 바라보거나 연안을 따라 있는 주택들을 바라보는 것 외에는 할 일이 없었다. 너는 말없이 사색에 잠겨 있었고, 생각은 발걸음의 박자에 따라 규칙적으로 흔들렸다. 네 동생들은 그들끼리 서로 얘기했다. 그들은 웃긴 이야기를 서로 들려주거나 간단한 게임을 생각했고, 웃으면서 뛰었고, 물웅덩이를 점프하거나 혹은 그곳에서 손으로 새우나 작은 물고기를 잡으려 했다. 너는 그들의 게임에 가담하지 않았다. 너는 네가 지금 있는 곳과는 아무런 상관이 없는 것들을 생각하고 있었다. 너에게 이 풍경은 경험하는 장소라기보다는 부유할 수 있는 배경 막이었다. 너는 동생들을 바라보았다. 그들은 서로 닮았지만, 너는 그 둘 중 누구도 닮지 않았다. 그들은 함께 있는 것이 너무나도 행복한 나머지, 왜 네가 떨어져 있는지 의문을 품지 않았다. 너는 그들의 형이자 오빠였고, 너는 그들이 태어나고 자라는 것을 지켜봤다. 너와 그들 사이에 존재하는 다른 점을 인식하는 것은 너로 하여금 가족이 낯설다는 느낌을 받게 했다.

네가 열일곱 살이던 해 7월의 하루, 너는 집 앞 정원 쪽에서 어머니의 친구들과 함께 저녁 식사를 했다. 식탁은 크게 열린 거실의 문 앞에, 텃밭으로 들어가기 전에 경계를 표시하는 오래된 돌바닥에 차려졌다. 여섯 명의 초대 손님 중에는 50대의 정신분석가가 있었다. 너는 어머니가 준비한 요리를 가져오는 일을 맡았다. 부엌은 멀었는데, 예전의 부엌과 현관을 가로지르고, 복도를 따라간 다음, 작은 거실 그리고 큰 거실을 지난 다음에야, 네가 선택한 장소에 차려진 식탁에 다다를 수 있었다. 네 가족은 그곳에서 저녁을 자주 먹지 않았는데, 어머니는 식사 공간의 안락함을 선호했고, 해가 진 다음에 올 추위를 걱정했기 때문이다. 하지만 너는 텃밭의 경치를 좋아했다. 중앙 길은 15미터쯤 지나서 세 갈래로 갈라졌고, 측면 길은 텃밭을 식량의 미로처럼 보이게 했다. 너는 해가 질 것을 대비해 초 몇 개를 식탁에 두었다. 어두워지자 너는 초에 불을 붙였고 초대 손님들의 얼굴 위로 부드러운 빛이 드리웠다. 대화는 느긋했으며, 너는 지성적인 어른들과 함께하는 기분 좋은 식사의 단순한 행복을 맛봤다. 너는 그들의 대화에 참여했고, 사람들은 네 나이에 비해 대담하다고 너의 견해를 평가하며 이를 격려했다. 정신분석가는 네가 들려준, 그가 저지른 잘못을 정당화하기 위해 계속 사과하는 사람에 대해 이렇게 말했다. "사과하는 자는 자책한다." 디저트 차례가 되자 너는 부엌으로 가 네가 몇 시간 동안 준비한 딸기 샤를로트를 가져왔다. 너는 손님들에게 차례대로 한 조각씩 건네준 다음 마지막으로 네 몫의 조각을 담았다. 너는 정신분석가가 말한 문장에 대해 생각하느라 디저트를 맛보지 않고 있었다. 초대 손님들은 아무 말 없이 조금씩, 천천히 디저트를 먹었다. 아무도 네가 기대했을 수도 있을 칭찬을 하지 않았다. 너는 한

입 먹어 보고는 이해했다. 샤를로트는 짰다. 네가 말했다. “어떻게 설탕과 소금을 착각할 정도로 바보 같을 수가 있지?” 정신분석가가 받아쳤다. “자책하는 자는 사과한다.”

너는 혼자 있을 때 지루한 것과 여럿이 있을 때 지루한 것을 두려워했다. 하지만 너는 둘이서 얼굴을 맞대고 있을 때 지루한 것을 무엇보다도 가장 두려워했다. 너는 자극이 없는 기다림의 순간들에 어떠한 미덕도 부과하지 않았다. 너는 이곳에 부재한 것처럼 보이는 행동과 생각만이 네 삶을 이룬다고 판단했다. 너는 상대의 환심을 사는 기술이라기보다는 자신을 어디에 위치시키는지에 대한 기술에 가까운 수동성의 가치를 과소평가했다. 좋은 순간과 장소에 있다는 것은 회색 지대를 지나 나쁜 순간들의 긴 지루함을 받아들이는 것을 요구한다. 너의 조급함은 지루해함으로써 성공하는 이 기술을 너에게서 빼앗았다.

네가 아내와 함께 중학교 때 알던 친구들과 바비큐를 하려고 크리스토프의 정원에 도착한 것은 저녁 여덟 시였다. 학창 시절 이후로 너는 크리스토프와만 관계를 유지하고 있었다. 그 저녁에 모인 사람들을 더는 만나고 있지 않긴 했지만, 너는 그 저녁 전날 다시 떠오른 그들의 기억에 즐거워했다. 그들을 다시 만나는 것은 현재 안에서 과거와 미래를 합치는 것이라고 생각했다. 지난 세월이 연이어 지나가고, 동시에 재회하리라는 미래의 전망이 윤곽을 드러낼 것이다.

도시 중심부에 있는 이 부르주아적인 주택의 커다

란 정원에는 열 쌍 정도의 커플이 있었다. 네가 청소년 초반기에 알던 소녀와 소년 들은 그들의 동반자와 함께 참석했다. 그들은 이제 어른이 되었고, 몇 명은 아이들과 함께 참석했다. 너는 얼굴들을 바라봤고, 하나의 몸 위에서 몇 초 만에 얼굴이 다른 얼굴로 변해 가는 모핑 기법을 쓴 영화에서처럼, 그들의 현재 모습과 네가 간직하던 기억이 서로 겹쳐지는 것을 보는 이상한 느낌을 즐겼다. 하지만 네 앞에서 현재의 얼굴들은 네 기억에 새겨진 예전의 모습들을 지우지 않았다. 현재가 과거를 대신하려면, 그리고 네 머릿속의 신원 기록물이 지금 네 앞에 있는 생김새로 굳어지려면, 한동안 그들과 함께 시간을 보내야 할 터였다. 그날 저녁, 너는 한 여자와 대화를 나눴고, 몇 분 동안 다른 곳을 바라봤고, 네가 그를 두 번째로 봤을 때 두 개의 이미지가 다시 뒤섞였다. 너는 옷 두 벌을 가진 인형에게 옷을 입히듯 이 지각의 혼란을 경험하며 저녁 시간의 한때를 보냈다. 하지만 너는 원한다면 과거의 이미지들을 잊어버리고 상대방이 새로 알게 된 사람인 것처럼 행동할 수도 있었다. 반대로 네가 과거를 생각할 때면, 그들이 발음한 단어들은 마치 멀리서 들려오는 속삭임처럼, 꿈에서 나타난 사람이 외국어이지만 친숙한 억양으로 한 말처럼 너에게 다가왔다.

크리스토프는 소고기와 돼지고기, 소시지와 감자를 준비했고, 종이로 덮인 식탁에서 몇 미터 떨어진 바비큐 그릴에서 이것들을 구웠다. 접시와 포크, 나이프, 그리고 플라스틱 컵은 손님들이 마음대로 사용할 수 있도록 놓여 있었다. 화이트와 레드 팩 와인 여러 개가 저렴한 과일 주스와 탄산수 옆에서 술 마시는 사람들을 기다리고 있었다. 평소에 너는 이런 조잡한 메뉴는 물론 조리 과정에서 생긴 연기가 바람이 잘못 불기라도 하면 모인 사람들 쪽을 감싸고 그다음 날까지 옷에서 냄새가 배게 되는 것이 거북했다. 하지만 그날 저녁은 아무것도 너를 불편하게 하지 않았다. 라일락 꽃으로 장식된 아름다운 정원의 매력 때문에 그런 것은 아니었다. 전에 알던 사람들을 다시 만난 것이 너를 너무나도 기쁘게 한 나머지 이 만남은 아무 데서나 성사되었어도 될 터였다. 네가 행복해하는 모습을 바라보던 네 아내의 표정은 기쁨으로 가득 찼다. 아는 사람이 한 명도 없던 그는 재회의 즐거움을 느낄 수는 없었다. 그는 이 공간에서 낯선 사람이 된 것처럼 느꼈지만, 모든 사람을 친숙하게 생각했는데, 네가 그 사람들을 그렇게 생각했기 때문이었다. 너는 네 행복에 주의를 기울이지 않다가 그를 바라본 순간에 네가 그곳에 있어서 얼마나 행복했는지를 이해했다. 그는 너의 거울이었다.

크리스토프가 접시 하나를 직접 준비해서 너에게 다가왔다. 그의 배려에 감동한 너는 그것을 받아서 먹기 시작했다. 음식은 너무 구워져서 고기 한 부분이 타 버리고 말았다. 하지만 이 세부 사항은 네 기쁨을 변질시키지 못할 것이었고, 어쩌면 그것을 구성한다고도 할 수 있었는데, 네가 여기에 함께 모인 사람들과의 만남 외에는 이 기뻠의 원인을 다른 데로 돌릴 수 없을 것이기 때문이었다.

해가 저물고 밤이 깊어졌고, 너는 이 사람 저 사람과 함께 대화했다. 오랜 친구와 둘이서 이야기할 때, 너는 네가 맞는 말을 하고 있다고 믿을 수 있었다. 하지만 두 명에게 얘기할 때면, 그 둘을 동시에 설득할 수 있는 말의 형식을 찾으려고 애썼지만 그것을 찾는 경우는 드물었다. 그들의 다른 점을 강조하는 물리적 거리는 각자와 동시에 소통하는 것이 얼마나 어려운지를 상기시켰다. 하지만 시간이 좀 더 흐른 후에, 네 이야기를 들으려고 모인 사람들 앞에서 이야기할 때면, 네 말은 특정한 사람을 향하려고 하지 않았고, 무슨 말이 전달되었는지에 대한 너의 걱정 없이 그들 각자의 방식으로 받아들여질 수 있었다. 너는 더는 한 사람을 보지 않았고, 개인들이 녹아든 그룹만을 볼 뿐이었다. 네가 불편함을 느끼지 않고 말하기 위해서 대화를 할 때는 상대방의 가장 가까이에 있어야 했고, 연설할 때는 그들에게서 가장 멀리 떨어져 있어야 했다. 그 두 사이에서는 너는 오해받는다는 느낌이 들었다.

새벽 세 시쯤, 손님들은 아무도 떠나지 않았고, 너는 네 아내의 손을 잡은 채 크리스토프가 모두를 웃게 만드는 얘기를 하는 것을 들으며 네가 했던 대화들을 다시 생각했다. 너는 오랜 동창들 한 명 한 명과 이야기를 나눴고, 몇 명으로 된 그룹에 이야기를 들려줬으며, 주제가 소진되었다는 느낌을 받지 않고 몇몇 커플에게 이야기하는 것에 성공했다. 별 기대 없이 참석했던 이 저녁 모임은 결국 너를 기쁘게 만들었다. 너는 기억으로 뭉친 집단에 속해 있었다. 이 저녁 모임에 참석한 사람 중 누구도 나중에 무슨 일이 일어났는지 알게 됐을 때, 네가 자살을 생각하고 있었다는 것을 믿지 않았다.

너는 네 지인 중 몇 명은 네 죽음의 선택을 예상하지 못한 것에 대해 죄책감을 느끼고, 네가 살고 싶어 하도록 도와주지 못한 것을 개탄할 것을 알고 있었다. 하지만 너는 그들이 틀렸다고 생각했다. 너를 제외한 누구도 너에게 죽음보다 큰 삶에 대한 의욕을 줄 수는 없었다. 한 엄마가 우울한 아이의 손을 잡고 그가 즐겁다고 생각하는 것들을 보여 주는 것처럼, 너는 누군가가 너를 즐겁게 만들려고 애쓰는 장면을 상상했다. 너로부터 발산되는 반감은 이 다정한 사람에 대해 네가 느꼈을 거부로부터, 혹은 이 사람이 네게 보여 줄 즐거운 것들의 본질에 대한 거부로부터 비롯된 것이 아니었고, 그저 살고 싶다는 욕구가 너에게 동기를 부여할 수 없다는 사실로부터 온 것이었다. 너는 다른 사람이든 혹은 너 스스로이든 상관없이 누가 시켜서 행복해질 수 없었다. 네가 알던 행복은 축복이었다. 너는 그것이 무엇으로부터 비롯되었는지를 이해할 수 있었지만, 그것을 다시 만들어 내지는 못했다.

너는 중고 옷 가게에서 우아하고 간결한 검은색 가죽의 영국제 신발 한 켤레를 샀다. 좋은 품질의 가죽은 거의 새것 같았지만 전 주인의 흔적을 지니고 있었다. 신발 앞쪽은 너와 비슷한 전 주인의 발 모양대로 주름져 있었다. 가게에서 신발을 신어 봤을 때 그것은 마치 네가 몇 달 동안 신었던 것처럼 네 발 모양에 완벽하게 들어맞았다. 너는 옷을 살 때 주저하곤 했다. 네 옷장은 이미 잘 갖추어져 있었는데, 간결하고 단순한 옷들로만 구성된 네 옷 컬렉션은 유행을 타지 않았다. 새로운 옷을 사는 것은 오래된 옷이 낡았을 때만 필요할 것이었다. 네 선택을 좌지우지하는 것은 경제 상황이 아니라 거의 비슷한 옷들만 모으는 너의 집착이었다. 너는 무엇을 입어야 할지 선택해야 하는 일상의 의무에서 해방되어 보편적인 유니폼의 완벽한 구색을 갖추기 위해 옷 가게에서 네가 이미 가지고 있던 것의 더 좋은 버전을 골랐다. 이 유니폼이 존재하지 않는다는 것을 알면서도 너는 계속 탐색했다. 검은색 가죽 신발을 이미 여럿 가지고 있음에도 불구하고 너는 이 신발 한 켤레를 새로 구매하기로 했다. 중고 옷 가게에서 우연히 이것을 발견한 것은 너에게 어떤 신호처럼 다가왔다. 너는 아직은 이것이 무슨 신호였는지 몰랐다. 하지만 곧 이를 알게 될 것이었다. 며칠이 지나고 너는 지방 선거 유세를 하던 녹색당의 회의에 참석했다. 너는 혼자 참석했고, 회의가 끝난 후에는 활동가들과 대화하기 위해 마련된 뷔페 주위를 어슬렁거렸다. 너는 녹색당 활동가들의 생각에 동의했지만, 그들이 당선되어서 현명하게 나라를 이끌어 가리라고는 생각하지 않았다. 한 커플이 네게 다가왔다. 남자는 세계화와 영어의 보편화에 직면해 지방 문화를, 특히 언어들을 보존하는 것의 중요성에 관해 얘기했다. 너는 그의 말에 동의한다고 믿게끔 고개를 끄덕이며 그의 진부한 말을 들었다. 그 아내는 옆에서 아무 말 없이 머물렀다. 갑자기 그의 얼굴이 일그러졌다. 그는 너를 빤히 바라보다가 눈을 아래로 깔고 다시 너를 바라봤다. 이 시선의 왕복은 그를 불안하게 보이게 했다. 그는 화이트 와인 한 잔을 가지러 갔다. 그의 행동은 너를 혼란스럽게 했고, 침묵에 빠지게 했다. 남자는 계속해서 너에게 말을 하다가 반응의 부재를 알아채고 인사를 한 뒤 다른 사람에게로 향했다. 너는 뷔페로 돌아가 웨이터에게 와인을 한 잔 더 달라고 했고, 잔을 받고 나서 활동가들 한가운데를 지나가던 중 다시 그 여자를 만났다. 그는 너에게 조용한 곳에서 이야기할 수 있도록 자신을 따라오라고 말했다. 그는 거의 울기 직전이었고, 입술은 떨렸다. 그는 네가 신고 있던 신발을 알아봤다. 그것은 그가 그의 조카에게 선물한 신발로, 조카의 엄마가 그의 자살 이후에 팔려고 내놓은 신발이었다.

너에게는 자식이 없었다. 네 아내는 네게 아이들을 원하느냐고 물어봤다. 너는 네가 아직 성숙하지 않다고 느꼈고, 언젠가는 준비가 될 것인지도 몰랐다. 아이를 낳는 것은 매우 중요하고도 불가사의한 행동인 나머지 너는 지혜롭게 그것을 해낼 수 있다고 생각하지 않았다. 너는 누군가에게 생명을 준다는 것이 네 한계를 넘는다는 것을 받아들여야 했다. 너는 부모가 너를 가졌을 때 너의 오늘날보다 더 이성적이었다고는 생각하지 않았다. 그들의 선택의 이기심과 경솔함을 생각하는 것은 너를 혼란스럽게 만들었다. 너는 그들이 네 있는 그대로의 모습을 그들이 네가 되리라 생각한 모습보다 덜 원했으리라고 믿었다. 너는 네가 사기꾼처럼 느껴졌다. 너는 그들을 실망시키지 않았다는 것을 알지만, 그들이 꿈꿨던 모습을 전혀 닮지 않은 것도 알았다. 하지만 너는 그들의 꿈이 뭔지 몰랐는데, 그것에 관해 얘기해 달라고 한 번도 묻지 않았기 때문이다. 왜 아이를 가지는가? 네 삶을 연장하기 위해서, 그리고 네 후손이 무엇을 닮았는지에 대한 호기심 때문에. 너는 네가 꾸려 가고 있는 삶이 연장될 필요가 없다고 생각하곤 했다. 하지만 네 자식은 네가 아니다. 그는 그 자신일 것이다. 네가 그에게 네 슬픔을 물려주리라 생각할 아무런 이유가 없다. 어쩌면 반대로 그는 행복을 타고 날 수도 있지 않을까? 하지만 너는 네 아내에게 대답 대신 모호하게 얼버무렸다. 네가 열정을 보이지 않자, 네 아내는 침묵을 거절로 받아들였다. 너는 후손 없이 죽었다.

나는 너를 떠올리면서 고통받지 않는다. 나는 네가 그립지 않다. 너는 우리가 함께 나눴던 삶 속에서보다 내 기억 속에서 더 현존한다. 만약 네가 계속 살아 있다면 너는 나에게 낯선 사람이 되어 있을지도 모른다. 죽은 너는 살아 있는 것만큼이나 선명하다.

너는 낮보다는 밤에, 오후보다는 아침에 죽고 싶은 욕구가 덜했다.

너는 네 죽음을 설명하기 위해 지인들에게 편지를

남기지 않았다. 너는 왜 죽고 싶은지 알았을까? 만약 그렇다면 왜 그것을 기록하지 않았나? 산다는 것의 피곤함과 너를 따라다닐 흔적에 대한 거부감 때문에? 아니면 네가 사라지도록 떠민 이유가 공허하게 느껴져서? 어쩌면 너는 아무것도 설명되어서는 안 된다고 생각하며 죽음을 둘러싼 수수께끼를 간직하고 싶었는지도 모른다. 자살하는 데 이유가 있을까? 네 뒤에 살아남은 사람들은 자문할 것이지만, 이 질문에 대한 답은 찾지 못할 것이다.

네 어머니는 너의 죽음을 안 순간에 너를 위해 울었다. 그는 네 장례식 때까지 매일매일 너를 위해 울었다. 그는 혼자서, 남편의 품 안에서, 네 남동생과 여동생의 품 안에서, 그의 어머니와 네 아내 품에 안겨 너를 위해 울었다. 그는 장례식 동안, 네 관을 묘지까지 따라가면서, 그리고 그것을 매장하는 동안, 너를 위해 울었다. 다수의 친구가 그에게 조의를 표하러 왔을 때, 그는 너를 위해 울었다. 그가 악수하는 손마다, 그가 받은 키스마다, 그는 네가 행복했다고 믿었던 날들의, 너의 과거의 조각들을 다시 봤다. 네 죽음 앞에서, 네가 이 사람들과 경험할 수 있었을 가설들은 그에게 엄청난 상실감을 줬다. 너의 자살은 네 과거를 슬프게 물들였고, 미래를 지워 버렸다. 그는 그 다음 날들도 너를 위해 울었고, 지금도 너를 생각할 때면 너를 위해 운다. 몇 년이 지나고, 그처럼 너를 생각하면서 눈물을 흘리는 사람들이 많다.

후회? 너는 너를 위해 우는 사람들의 슬픔을, 그들

이 너에게 보여 주었던, 그리고 네가 그들에게 돌려주었던 사랑을 애석해했다. 너는 네 아내가 느낄 외로움과 네 지인들이 느낄 공허함을 애석해했다. 하지만 너는 이 후회들을 상상으로만 느꼈다. 이것들은 너와 함께 사라질 것이고, 오직 네 뒤에 남겨진 사람들만이 네 죽음의 고통을 느낄 것이다. 너는 자살의 이기적인 측면을 달갑게 여기지 않았다. 하지만 결국에는 죽음이라는 소강상태가 네 삶의 고통스러운 동요를 이겼다.

너는 너의 삶처럼 짧고 응축된 삼행시 모음을 썼다. 너는 이에 대해 아무에게도 말하지 않았다. 네가 죽고 난 다음, 네 아내가 책상 서랍에서 이를 발견했다.

고사리는 나를 쓰다듬고
쐐기풀은 나를 찌르고
가시나무는 나를 할퀸다

도시는 나를 자극하고
집은 나를 맞이하고
방은 나를 진정시킨다

적은 나의 용기를 돋우고
싸움은 나를 흥분시키고
승리는 나에게 상관이 없다

낮은 눈을 부시게 하고
저녁은 나를 안정시키고
밤은 나를 감싼다

지배하는 것은 나를 숨 막히게 하고
참는 것은 나를 굴복시키고
혼자 있는 것은 나를 자유롭게 만든다

더위는 나를 불편하게 하고
비는 나를 가두고
추위는 나를 깨운다

담배는 나를 자극하고
술은 나를 졸리게 하고
마약은 나를 고립시킨다

악은 나를 놀라게 하고
망각은 나에게 간절하며
웃음은 나를 구원한다

욕구는 나를 이끌고
기쁨은 나를 실망하게 하고
욕망은 나를 다시 붙잡는다

우정은 나를 구속하고
사랑은 나를 드러내고
섹스는 나를 즐겁게 한다

더하는 것은 나를 부추기고
간직하는 것은 나를 안심시키고
없애는 것은 나를 가볍게 만든다

해는 나를 피곤하게 하고
땅은 나를 둘러싸고
달은 나를 감동하게 한다

삶이 나에게 제안되었고
내 이름이 나에게 전해졌고
내 몸이 나에게 강요되었다

텔레비전은 나를 우울하게 하고
라디오는 나를 방해하고
신문은 나를 따분하게 한다

성인(聖人)은 나를 매료시키고
신자(信者)는 나를 궁금하게 하고
신부(神父)는 나를 걱정시킨다

유일한 것은 나를 놀라게 하고
두 개 있는 것은 나를 닮았고
세 개 있는 것은 나를 안심시킨다

균형은 나를 유지하고
추락은 나를 드러내고
회복은 나를 기진맥진하게 만든다

점은 나를 도취시키고
성좌는 나를 분산시키고
선은 나를 인도한다

시간은 나에게 부족하고
공간은 나에게 충분하고
공허는 나를 끌어당긴다

지하 창고는 나를 떠밀고
다락방은 나를 부르고
계단은 나를 안내한다

재능은 나를 매료시키고
기교는 나를 속이고
탁월함은 나를 밝힌다

신중함은 나를 조급하게 하고
폭력은 나를 흥분시키고
복수는 나를 실망하게 한다

목마름은 나를 불편하게 하고
배고픔은 나를 격화시키고
식사는 나를 졸리게 한다

테두리는 나의 마음을 끌고
구멍은 나를 삼키고
바닥은 나를 겁먹게 한다

진실은 나를 감동시키고
불확실함은 나를 불편하게 만들고
거짓은 나를 매료시킨다

잡담은 나를 혼란스럽게 만들고
논쟁은 나를 열광시키고
침묵은 나를 구제한다

장애물은 나를 성장시키고
실패는 나를 단단하게 만들고
성공은 나를 부드럽게 만든다

실수는 나를 가르치고
습관은 나를 나아지게 하고
완벽은 나를 끊임없이 괴롭힌다

무례는 나를 놀라게 하고
응답은 나에게서 늦게 나오며
경멸은 나에게 복수한다

타락은 내 마음을 끌고
아이러니는 나를 제지하고
애정은 나를 구원한다

믿음은 나를 동요시키고
충성은 나에게 어울리고
배신은 나를 고통스럽게 한다

출발은 나를 기쁘게 하고
이동은 나를 우둔하게 만들고
도착은 나를 소생시킨다

땅은 나를 지지하고
모래는 나를 늦추고
진흙은 나를 꼼짝 못 하게 한다

도취는 나를 억제하고
암시는 나를 걱정시키고
중립은 나를 납득시킨다

설교는 나를 지루하게 하고
예시는 나를 설득시키고
행동은 나를 나타낸다

청소는 나를 지루하게 하고
정리는 나를 안정시키고
버리는 것은 나를 해방한다

새로운 것은 나를 매료시키고
오래된 것은 내가 뿌리박게 하며
변화는 나에게 활기를 불어넣는다

일은 나를 채우고
취미는 내가 깨우치게 하고
휴가는 나를 한가하게 만든다

아는 것은 나를 성장시키고
모르는 것은 나를 파괴하고
잊는 것은 나를 자유롭게 한다

잃는 것은 나를 짜증 나게 하고
이기는 것은 나에게 별 상관이 없으며
게임을 하는 것은 나를 실망하게 한다

부인하는 것은 나에게 유혹적이고
확언하는 것은 나를 흥분시키며
제안하는 것은 나를 만족시킨다

유혹하는 것은 나를 유혹하고
사랑하는 것은 나를 변화시키고
헤어지는 것은 나를 가슴 아프게 한다

옷은 나를 드러내고
분장은 나를 감추고
유니폼은 나를 지운다

말하는 것은 나에게 책임을 지우고
듣는 것은 나를 가르치고
입을 다무는 것은 나를 진정시킨다

태어나는 것은 나에게 일어난 일이고
사는 것은 나를 차지하는 일이고
죽는 것은 나를 끝내는 일이다

올라가는 것은 나에게 힘들고
내려가는 것은 나에게 쉽고
머무는 것은 나에게 불필요하다

경의는 나에게 은혜를 베풀고
찬사는 나를 감동하게 하고
기도는 나를 매장한다

플래시는 내 눈을 멀게 하고
빛줄기는 내 눈을 부시게 하고
반영은 내 호기심을 자극한다

말하는 것은 나를 분별하고
소리 지르는 것은 나를 자유롭게 하고
속삭이는 것은 나에게 강요된다

콧노래 하는 것은 나를 흔들어서 달래고
낮게 노래 부르는 것은 나를 멈추게 하고
노래하는 것은 나를 드러낸다

시작은 나를 열정적으로 만들고
중간은 나를 붙잡고
끝은 나를 실망하게 한다

선은 나에게 감명을 주고
어리석음은 나를 웃기고
악은 나를 분노하게 한다

11월은 나를 불안하게 하고
4월은 나를 깨우고
9월은 나를 편안하게 한다

선망은 나를 불편하게 하고
질투는 나에게 불쌍한 마음이 들게 하고
증오는 내가 개입하고 싶지 않게 만든다

어제는 나를 피곤하게 하고
수면은 나를 꼼짝 못 하게 하고
기상은 나를 공격한다

천 년은 나를 감싸고
백 년은 나를 위치시키고
십 년은 나를 장식한다

시간은 나를 지배하고
분은 나를 재촉하고
초는 나에게서 도망친다

위협은 나를 속이고
불안은 나를 움직이고
공포는 나를 흥분시킨다

놀라게 하는 것은 나를 불쾌하게 만들고
즉흥은 나를 해치고
전조는 나를 떠받친다

함정은 나를 유혹하고
거짓말쟁이는 나를 속이고
밀고자는 나를 공포에 빠트린다

바로크는 나를 역겹게 하고
고딕은 나를 차갑게 하고
로마네스크는 나를 밝힌다

빨강은 나를 심기 불편하게 하고
검정은 나를 감동시키고
하양은 나를 안정시킨다

독주는 나를 매료시키고
사중주는 나를 붙잡고
심포니는 나를 멀리 떨어트려 놓는다

규칙은 나에게 쓸모 있고
제약은 나를 자극하고
의무는 나를 약화한다

대화는 나를 구속하고
독백은 나를 압도하고
혼잣말은 나를 고립시킨다

대기는 나를 침투하고
바닥은 나를 지탱하고
지하는 나를 숨 막히게 한다

박자는 나를 이끌고
선율은 나를 끌어당기고
하모니는 나를 혼란스럽게 한다

수족관은 나를 슬프게 하고
새장은 나를 숨 막히게 하고
우리는 나를 격분하게 한다

비는 나를 후퇴시키고
눈은 나를 기쁘게 하고
우박은 나를 멈추게 한다

내 손가락은 가리키고
내 손은 잡고
내 팔은 감싼다

내 머리는 이해하고
내 눈은 인도하고
내 몸은 한다

첫 번째는 나의 마음을 끌고
그다음 번들은 나에게 익숙하고
마지막은 나를 침울하게 한다

피곤은 나를 진정시키고
권태는 나를 낙담시키고
고갈은 나를 멈춰 세운다

만드는 것은 나를 사로잡고
보관하는 것은 나를 안정시키고
파괴하는 것은 나를 가볍게 한다

도착하는 것은 나를 변화시키고
머무는 것은 나에게 값을 치르게 하며
떠나는 것은 나에게 활기를 불러일으킨다

집단은 나를 짓누르고
고독은 나를 유지하고
광기는 나를 노린다

다른 이를 기쁘게 하는 것은 나를 기쁘게 하고
다른 이를 불쾌하게 하는 것은 나를 불쾌하게 하고
다른 이의 관심을 끌지 못하는 것은 나에게 의미가
없다

나이는 나를 엄습하고
젊음은 나를 떠나고
기억은 나에게 남는다

행복은 나를 선행하고
슬픔은 나를 뒤따르고
죽음은 나를 기다린다

옮긴이의 글

내 삶을 구하지 못한 친구에게*

1975년 7월, 네덜란드 아티스트 바스 얀 아더르(Bas Jan Ader)는 긴 항해 프로젝트를 계획한다. 12인치 길이에 불과한 돛단배를 타고 미국 매사추세츠주의 케이프코드만을 떠나 대서양을 횡단해 영국 팰머스 해안에 도착하려는 것이었다. 그는 이 여행을 하는 데 60일이, 돛을 사용하지 않는다면 90일이 걸리리라 예상했고, 이 프로젝트에 '기적적인 것을 찾아서(In Search of the Miraculous)'라는 이름을 붙였다. 그리고 그가 떠난 지 6개월 후, 아일랜드 해안에 반쯤 가라앉은 그의 보트가 발견되었다. 부패한 음식물과 옷가지가 그 안에 들어 있었지만, 그의 모습은 찾아볼 수 없었다. 그는 사라졌지만, 평소 그가 해 오던 작업의 성격을 아는 지인과 가족 들은 이를 단번에 믿지 않았다. 그들은 그의 실종 역시 그가 해 오던 '퍼포먼스' 중 하나일 것이라고 생각했다.

대표적인 작업이라고 할 수 있는 「추락(Fall)」 연작에서 그는 나무에서, 자전거에서, 지붕에서, 길에서 떨어지고 넘어지는 모습을 사진과 영상으로 남겼다. 떨어지기 직전의 몸에서 느껴지는 긴장감과 떨어지는 행위의 원초

* 에르베 기베르의 동명의 책 제목에서 빌림(장소미 옮김, 알마, 2018).

적인 해방감 때문에 영상을 보고 나면 싱겁게 웃게 되는데, 이 때문에 그의 실종 소식을 들었을 때 지인들이 보인 반응도 이해할 수 있을 것 같다. 영상에서 그는 나무에 매달려 있거나, 다리에서 자전거를 타거나, 지붕에 앉아 있거나, 길에서 중심을 잃거나 하는 등의 떨어지려는 행위를 준비하다가, 그 행위가 완료되면(떨어지고 나면) 영상도 함께 끝이 난다. 그가 다시 일어서거나, 빠진 물속에서 걸어 나오거나, 몸에 붙은 흙먼지를 터는 장면은 없다.

마지막 프로젝트 「기적적인 것을 찾아서」에서도 마찬가지였다. 그가 바다로 나아가는, 바다 안으로 '떨어지는' 모습은 사진으로 남겨져 있지만, 그가 그곳에서 빠져나오는 모습은 볼 수 없다. 그는 사진, 비디오 밖으로 사라졌듯이, 세상에서 사라졌다. 몸과 중력을 재료 삼아 작품 활동을 해 오던 그는 결국 퍼포먼스의 주체를 실종시키고 말았다. 그의 실종이 의도된 것이든, 우연의 산물이든, 그는 몸으로 할 수 있는 동시에 몸이 부재한, 어떤 의미에서는 궁극적인 퍼포먼스에 도달했다.

에두아르 르베를 말하는 데 있어 바스 얀 아더르가 생각난 것은 우연이 아닐 것이다. 우선 그는 글을 쓰는 작가이기 전에 그림을 그리고(훗날 『자화상』*에서 그린 그림의 대부분을 태웠다고 쓰기는 했지만) 사진을 찍는 미술가였다. 또한 『작품들』**에서는 5백여 개의 미술 작업

* 에두아르 르베, 『자화상』, 정영문 옮김, 은행나무, 2015.
** 에두아르 르베, 『작품들(Œuvres)』, P.O.L, 2002.

에 대한 아이디어를 기록하기도 했다. 르베는 그중에서 그가 미국을 여행하면서 찍은, 미국이 아닌 곳에 있는 도시의 이름을 딴 장소들을 찍은 사진 연작,* 옷을 입고 포르노그래피를 재현하는 사진 연작** 등 몇 개의 생각은 실행에 옮겼지만, 대부분은 책에 쓰인 기록으로만 존재한다. 어쩌면 『자살』의 한 구절("너에게 시작하거나 계속하는 것은 어렵지 않았지만, 끝내는 것은, 즉 어느 날 더는 네 프로젝트가 계속될 수 없다고 결정하는 것은, 항상 괴로움을 동반했다. 더하는 것은 작업물이 개선되기보다는 개악되게 할 것이다."[이 책 46쪽])에서 썼듯이, 르베 역시 그의 친구처럼 작품을 구성하는 과정에서 끝보다 시작을 더 좋아했기 때문일 수도 있고, 혹은 작품이라는 것이 물질성을 가지고 실현될 필요 없이, 글로 존재하는 것만으로도 충분하다고 생각했기 때문일 수도 있다.

르베의 개념 미술가로서의 면모는 『자살』에서도 여전히 드러난다. 르베는 자기의 무덤을 계획하고 날짜를 거짓으로 새기려 했던 친구의 짓궂은 장난에 대해 길게 묘사한다. 묘지의 사망일을 어떻게 새기느냐에 따라 죽은 사람이 죽지 않은 사람이 될 수도 있었고, 죽지 않은 사람이 죽은 사람이 될 수도 있었다. 이는 마치 『작품들』에 적혀 있을 법한 생각이다. 르베는 "너 말고는 아무도 네 죽음을 가지고 농담할 생각이 들지 않았다."(64쪽)라고 적

* 에두아르 르베, 「아메리카(Amérique)」, 2006.

** 에두아르 르베, 「포르노그래피(Pornographie)」, 2002.

었다. 그 역시 친구의 죽음을 가지고는 농담하지 않았지만, 자기 죽음을 가지고는 농담했다. 르베는 『자살』의 원고를 P.O.L 출판사의 편집자인 폴 오차코브스키로랑스에게 넘기고 열흘 뒤 스스로 목숨을 끊었다. 그야말로 잔혹한, 결코 웃을 수 없는 농담이었다. 몇 달 뒤, 원고가 출판되었고, 프랑스 언론과 독자 들은 책에 대해 말하면서 이 '사건'을 빼놓지 않았다. "사람들이 너에 대해서 말할 때, 그들은 너의 죽음에서부터 이야기를 시작한 다음, 그것을 설명하기 위해 시간을 거슬러 올라간다."(36–7쪽) 르베는 이 모든 것을 예언했다.

이 책은 전반적으로 '나'라는 화자가 '너'라는 인물에게 말을 거는 형식으로 되어 있지만, 많은 부분이 '너'라는 이인칭 주어로만 서술되어 있기도 하다. 여기서 조르주 페렉의 『잠자는 남자』를 떠올려 볼 수 있다. 실제로 그의 편집자였던 폴 오차코브스키로랑스는 한 인터뷰*에서 르베가 그를 찾은 이유는 그가 페렉을 펴냈던 편집자였기 때문이라고 밝힌 적이 있다. 또한 르베는 전형적인 줄거리를 가진 작품 쓰기를 거부했고, 강력한 혹은 사소한 사실만을 원했다. 그가 『자화상』 그리고 『자살』에서 보인 서술 방식은 이를 증명한다. 기억의 단편적인 조각들은 어떠한 인과관계도 시간의 흐름도 보이지 않고 그저 나열될 뿐이고, 오직 문장들의 진실만이 존재할 뿐이다. 그리

* https://www.lesinrocks.com/livres/une-rencontre-en-2013-avec-paul-otchakovsky-laurens-129020-04-01-2018/, 2022년 7월 11일 접속.

고 이러한 '사전식' 나열은 역시 페렉의 (혹은 조 브레이너드의) 『나는 기억한다』*를 떠올리게 한다. 페렉의 『나는 기억한다』가 '나'의 개인적이고 내밀한 언어로 세상을 그려 낸 것이라면, 르베의 『자화상』은 좀 더 객관적이고 건조한 세상의 언어로 '나'를 그려 낸 것이다. 그리고 『자살』은 '나'와 세계 사이에 '너' 역시 존재하게 함으로써, 세상과의 접촉 지점을 확장한다. 그리고 마지막으로 페렉이 그의 부모 세대에 경험한 『실종』을, 르베는 자발적으로 실행시키면서 페렉 작품들의 변주곡이자 주인공이 된다.

> 네가 행복하거나 걱정이 없을 때 거울을 보면 너는 누군가였다. 불행할 때의 너는 아무도 아니었다. 얼굴의 선들은 사라졌고, 네가 평상시에 '나'라고 이름 붙인 무언가를 알아볼 수는 있었지만, 너는 다른 누군가가 너를 바라보는 것을 봤다. 네 시선은 마치 네 얼굴이 공기로 만들어진 것처럼 그것을 관통했고, 앞으로 보이는 눈은 깊이를 알 수 없었다. 눈을 찡긋하거나 인상을 써서 표정을 자각하는 것은 아무런 도움도 되지 않았다. 알 수 없는 이유로 표정은 거짓되어 보였다. 너는 상상의 제삼자와 나누는 대화를 흉내 내며 연기를 했다. 너는 네가 점점 미쳐 가는 줄 알았지만, 상황의 우스꽝스러움 때문에 결국

* 조르주 페렉(Georges Perec), 『나는 기억한다(Je me souviens)』, 아셰트(Hachette), 1978.

> 웃고 말았다. 너는 코미디의 등장인물을 연기하면서 다시 존재했다. 타인을 연기하며 다시 너 자신이 되었다. 이제 네 눈은 깊이를 되찾았고, 거울 앞에서 너는 다시 네 이름을 모호하게 느끼는 일 없이 부를 수 있게 되었다.(43쪽)

『자살』은 '너'와 '나'가 삶과 죽음을 가지고 추는 왈츠다. 하지만 이 이분법적인 세계는 견고하지 않아서, 자주 흔들리고, 깨지고, 서로를 반사한다. 책을 끝까지 다 읽기도 전에 '너'라는 존재가 사실은 '나'의 분신이라는 증거가 곳곳에서 발견된다. 작품에서 '너'는 거울을 바라볼 때마다 낯선 느낌을 받는다. 몸과 마음이 분리된 느낌, '너'라는 정체성과 낯선 이의 정체성이 합체된 느낌, 현실감각이 마비된 느낌. 이 낯섦은 누가 느끼는 것일까?

단편적인 기억들 속에서 유난히 긴 호흡 때문에 눈에 띄는 보르도 여행을 서술한 장면에서 '나'의 존재는 완전히 사라진다. '너'가 여행을 하고 있을 때 '나'는 어디에 있었나? '너'는 혼자 여행하고 있었다. 그런데 '나'는 어떻게 네 여행의 경로와 그 여행을 통해 느낀 것들을 그토록 세세하게 알 수 있었단 말인가. 르베는 이를 명확히 설명하지 않는다. 이제 '나'는 '너'를 바라보는 대신에, 네 안에 들어가 네 눈으로 바깥을 바라본다. 여행을 떠난 것은 '너'의 몸이지만, '나'의 정신이 너를 동반한다. 르베가 본문에 쓴 "너는 내가 어디에 있건 충실히 나와 함께한다."(17쪽)

라는 문장은 '나는 너와 어디에 있건 충실히 함께한다.'라고도 쓸 수 있을 것이다.

르베의 『자화상』을 읽은 독자라면, 르베가 자신에 대해 열거한 사실들이 『자살』에서도 반복되고 있음을 발견할 수 있다. 르베는 『자화상』에서 "내게는 나를 배신하고 떠난 친구가 있다."(7쪽)라는 문장을 통해, 그리고 마지막 페이지들("내가 한 최고의 대화는 청소년기에 친구의 집에서 나눈 것이었다. 우리는 친구의 어머니의 술을 무작위로 혼합하여 만든 칵테일을 마시며 말라르메가 손님으로 온 적이 있는 그 큰 집의 거실에서 해가 뜰 때까지 얘기하곤 했는데 밤새 나는 사랑과 정치와 신에 대해 일장연설을 했고, 죽음에 대해서는 일언반구도 하지 않았다. 때로 나는 웃음이 나 몸을 구르며 그 기억들을 떠올리지만, 오랜 세월이 지난 후 이 친구는 테니스를 치기 전 아내에게 집에 뭔가를 놓고 나왔다고 말한 후 지하실로 내려가 자신이 조심스럽게 준비한 총으로 머리에 총알을 박았다."[142–3쪽])에서 '너'의 존재를 암시한다.

또한 르베는 『자화상』에서 『자살』에서 '너'가 그랬듯이 "어떤 옷이 확실히 마음에 들면 같은 옷을 여러 벌 구입한다."(34쪽)고 썼고, "빛나고 싶지 않다."(34쪽)라고도, "누군가와 함께 여행하는 경우 혼자 여행할 때보다 못하게 그 나라의 절반만 본다."(28–9쪽)고도 썼다. 르베는 그 자신과 '너'를 너무나도 동일시한 나머지, 그의 마지막까지 '너'의 방식을 따르고 말았다. 원고를 읽은 편집자가 르베에게 전화를 걸어 찬사를 건넨 다음, "이게 자네의 뒤틀린 자화상은 아니길 바라겠네."라고 말했지만, 그의 예감은 적중했다.

어쩌면 그의 편집자는 원고를 그의 생전에 읽은 유일한 사람일 것이다. 그것이 유서가 되지 않기를 바라고 책을 읽은 유일한 사람. 그것이 짓궂은 농담이라고 생각할 수 있었던 사람. 하지만 이제는 모두가 르베의 죽음을 알고 있다. 그의 죽음은 이미 쓰인 책의 내용을 바꾸지 않았지만, 그것을 읽는 사람의 경험을 변화시킨다. 이제 독자는 그가 그린 친구의 죽음뿐만 아니라 그의 죽음에 대한 무게 역시 느끼며 책을 읽는다. 그가 친구를 기억한 것처럼 그를 기억한다. 그가 정언했던 자살에 관한 사유를 그와 붙여 놓고 읽는다. 그는 이제 자살에 관해 서술한 사람인 동시에 그것을 행한 사람이기도 하다. 르베는 그가 구하지 못한 친구에게 이 책을 썼지만, 그 친구 역시도 르베의 삶을 구하지 못했다.

한국화

에두아르 르베 연보

1965년 — 1월 1일, 파리 근교 뇌이쉬르센(Neuilly-sur-Seine)에서 제라르 르베(Gérard Levé)와 테레즈 르베(Thérèse Levé)의 둘째로 출생.

1988년 — 부모의 권유로 고등경제상업학교(ESSEC)에서 수학.

1991년 — 본격적으로 그림을 그리기 시작한다.

1992년 — 친척이 파리에서 운영하는 갤러리에서 첫 회화 전시 개최.

1995년 — 두 달여간 인도로 떠난 여행에서 큰 감명을 받는다. 프랑스에 돌아온 이후 회화 작업을 그만두고 청소년기부터 매료되었던 사진을 본격적으로 찍기로 결심한다. 훗날 그는 회화 작품 대부분을 태워 버렸다고 회고한다.

1996-8년 — 그에게 영향을 준 작가, 예술가 들과 이름이 같은 사람들을 전화번호부에서 찾아 찍은 「동명이인(Homonymes)」 사진 작업에 몰두한다.

1998년 — 자신이 꾼 꿈을 현실의 인물과 배경으로 재구성한 「재구성된 꿈(Rêves Reconstitués)」 연작을 찍는다.

2000년 — 앙구아스(Angoisse, 공포, 불안이라는 뜻)라는 이름의 마을을 찾아가 기록한 사진 작업 「앙구아스」에 몰두한다.

파리의 이마냉스(Immanence) 갤러리에서 첫 사진전 『재구성된 꿈』을 연다.

2001년 — 신문에 실린 회담, 공식 방문, 준공식 등의 사진에서 구체적인 고유명사나 장소, 상황을 알 수 있는 표시를 제거하고 전형적인 인물들의 포즈와 구도를 재구성한 「뉴스(Actualités)」 연작을 찍는다. 말라코프의 페리페리(Périphérie) 갤러리에서 전시 『앙구아스』 개최.

2002년 — 구상은 했지만 실현하지 못한 533개 작품 아이디어를 모은 『작품들(Œuvres)』을 P.O.L 출판사에서 출간하면서 문학계에 발을 디딘다. 또한 전형적인 포르노그래피에서 볼 수 있는 인물들의 자세와 구도를 옷을 입은 채 재구성한 「포르노그래피(Pornographie)」 연작을 찍는다.

2003년 — 일상복을 입은 인물들이 럭비 선수의 포즈를 취하는 「럭비(Rugby)」 연작을 찍는다. 신문에서 수집한 사진에서 고유명사와 장소 표시를 제거하고 재구성한 「일간지(Quotidien)」 연작도 완료한다. 파리의 뢰벤브뤼크(Loevenbruck) 갤러리에서 재구성 연작을 전시하고, 투르 예술가 레지던시에 체류하면서 회화를 사진으로 재구성한 『이전(移轉, Transferts)』 작업에 착수한다.

2004년 — P.O.L에서 두 번째 작품 『저널(Journal)』 출간, 투르 미술관(Musée des Beaux-Arts de Tours)에서 전시 『이전』 개최.

2005년 — P.O.L에서 세 번째 작품 『자화상(Autoportrait)』 출간.

2006년 — 미국을 여행하면서 유럽의 도시와 같은 이름을 가진 미국의 도시를 촬영한 「아메리카(Amérique)」와, 이전과 달리 흑백으로 구성한 사진 연작 「픽션(Fictions)」을 작업한다.

2007년 — 10월 15일, 42세의 나이로 파리 자택에서 스스로 목숨을 끊는다.

2008년 — 자살 며칠 전 편집자에게 보낸 원고 『자살(Suicide)』이 P.O.L에서 출간됨.

2022년 — 친구였던 작가 토마 클레르(Thomas Clerc)가 고른 르베의 미발표 원고 모음 『미발표작(Inédits)』이 P.O.L에서 출간됨.

워크룸 문학 총서 '제안들'

일군의 작가들이 주머니 속에서 빚은 상상의 책들은 하양 책일 수도, 검정 책일 수도 있습니다. 이 덫들이 우리 시대의 취향인지는 확신하기 어렵습니다.

1 프란츠 카프카, 『꿈』, 배수아 옮김
2 조르주 바타유, 『불가능』, 성귀수 옮김
3 토머스 드 퀸시, 『예술 분과로서의 살인』, 유나영 옮김
4 나탈리 레제, 『사뮈엘 베케트의 말 없는 삶』, 김예령 옮김
5 마세도니오 페르난데스, 『계속되는 무』, 엄지영 옮김
6 페르난두 페소아, 산문선 『페소아와 페소아들』, 김한민 옮김
7 앙리 보스코, 『이아생트』, 최애리 옮김
8 비톨트 곰브로비치, 『이보나, 부르군드의 공주/결혼식/오페레타』, 정보라 옮김
9 로베르트 무질, 『생전 유고/어리석음에 대하여』, 신지영 옮김
10 장 주네, 『사형을 언도받은 자/외줄타기 곡예사』, 조재룡 옮김
11 루이스 캐럴, 『운율? 그리고 의미?/헝클어진 이야기』, 유나영 옮김
12 드니 디드로, 『듣고 말하는 사람들을 위한 농아에 대한 편지』, 이충훈 옮김
13 루이페르디낭 셀린, 『제멜바이스/Y 교수와의 인터뷰』, 김예령 옮김
14 조르주 바타유, 『라스코 혹은 예술의 탄생/마네』, 차지연 옮김
15 조리스카를 위스망스, 『저 아래』, 장진영 옮김
16 토머스 드 퀸시, 『심연에서의 탄식/영국의 우편 마차』, 유나영 옮김
17 알프레드 자리, 『파타피지크학자 포스트롤 박사의 행적과 사상』, 이지원 옮김
18 조르주 바타유, 『내적 체험』, 현성환 옮김
19 앙투안 퓌르티에르, 『부르주아 소설』, 이충훈 옮김
20 월터 페이터, 『상상의 초상』, 김지현 옮김
21 아비 바르부르크, 조르조 아감벤, 『님프』, 윤경희 쓰고 옮김
22 모리스 블랑쇼, 『로트레아몽과 사드』, 성귀수 옮김
23 피에르 클로소프스키, 『살아 있는 그림』, 정의진 옮김
24 쥘리앵 오프루아 드 라 메트리, 『인간기계론』, 성귀수 옮김
25 스테판 말라르메, 『주사위 던지기』, 방혜진 쓰고 옮김
26
27
28
29
30 알로이시위스 베르트랑, 『밤의 가스파르: 렘브란트와 칼로 풍의 환상곡』, 조재룡 옮김

31 에두아르 르베, 『자살』, 한국화 옮김
32 엘렌 식수, 『아야이! 문학의 비명』, 이혜인 옮김
33 리어노라 캐링턴, 『귀나팔』, 이지원 옮김
34 스타니스와프 이그나찌 비트키에비치, 『광인과 수녀/쇠물닭/폭주 기관차』, 정보라 옮김
35 스타니스와프 이그나찌 비트키에비치, 『탐욕』, 정보라 옮김
36 아글라야 페터라니, 『아이는 왜 폴렌타 속에서 끓는가』, 배수아 옮김
37 다와다 요코, 『글자를 옮기는 사람』, 유라주 옮김

제안들 31

에두아르 르베
자살

한국화 옮김

초판 1쇄 발행. 2023년 3월 10일
4쇄 발행. 2024년 4월 30일

발행. 워크룸 프레스
편집. 김뉘연
제작. 세걸음

ISBN 979-11-89356-93-4 04800
978-89-94207-33-9 (세트)
16,000원

워크룸 프레스
03035 서울시 종로구
자하문로19길 25, 3층
전화. 02-6013-3246
팩스. 02-725-3248
메일. wpress@wkrm.kr
workroompress.kr

옮긴이. 한국화 — 한국예술종합학교에서 미술을, 파리8대학에서 문예 창작을 공부했다. 올리비아 로젠탈의 『적대적 상황에서의 생존 메커니즘』과 모니크 비티그의 『오포포낙스』 등을 한국어로, 황정은의 『백의 그림자』(공역)를 프랑스어로 옮겼다. 프랑스에서 단편집 『도시에 사막이 들어온 날(Le jour où le désert est entré dans la ville)』을 출간했다.